森田 進詩集

Morita Susumu

JN204801

新・日本現代詩文庫

137

土曜美術社出版販売

新・日本現代詩文庫　137　森田　進詩集　目次

詩篇

未刊詩篇

エッセイ

解説

＊本文中、今日では差別用語等、不適切と思われる語句や表現があるが、執筆当時の時代的、社会的背景を踏まえ、また著者にその意図がない事を考慮し、原典のままとした。

詩篇

詩集『海辺の地方から』（一九七一年）全篇

極東通信

雲の海のうえを客船が滑って行くのです
どこまでも
白い白い海のうえを飛翔する
全員のかなしみなのです

雲の谷間の極東の半島に
墓参する全員の今日なのです

釜山の街の丘のうえに
どこまでも
白い白い国連兵士の墓地なのです
この国で潰え去った

二十一ケ国からの
償われることのない命なのです

それなのに
償われない戦争一筋に燃えて
武装する青春の隊列が
歓呼に迎えられて
勇ましく行進する大通りなのです

雲の海のうえを輸送船が滑って行くのです
どこまでも
白い白い海のうえではない
やがて見える戦いの雲に
緊張する全員の今日なのです

さようなら

こんなに泥んこのデルタで君と別れねばならない
こんなにねくたれた
滑稽であるからこそ悲惨な町で
君だけが爽やかな風であった

風は海を越えて自在に吹いている

まだ見たこともない海の向うの祖国を
心底思慕する君には生の原理が強靱だった

悲惨を悲惨と気づかない
愚かな者らに非協力を貫徹することが
君にとっての誠実だった

今
ぐったりしているぼくの目に
汚臭の海が染みこんでくる
その海に
疲れ切った漁船が網を投じに出て行く

またしても
ぼくの心の芯に君の視線が食いこんでくる

産み落とした戦いの日が
ああ
ぼくの内部で性懲りもなく醗酵しはじめる

そうだ君とぼくは
にせの神々に襲撃されて
共同のゲリラになったのだ

さようなら　シン
さようなら　シン・チェッ・シュク
さようなら　友だち《トンムー》

デルタを風が吹きぬける

ぼくは遠くに行っても
ぼくらの共同の営みをつづけるだろう

向日葵

潮流の中で
たくさんの向日葵が咲きそろった
精悍の花畑の真昼
かれらは上陸しようとするが
釘付けなので垂直にされたまんまだ

飛魚が潮流に乗って進軍する
愚かにひたすら
はなばなしく飛沫まであげていく

海底では機雷が構えている
二十二年間もじっと機会を狙っている

ぼくは煙草に合図の火をつけた
亡命志願の向日葵がパゴダをたてつづけに吸うは
　ずなのだ

突如カービンの銃口が
野獣の目でぼくを狙った
太陽の荒々しい息づかい
汗がへそに流れこむ
　何も起らないような瞬間

ぼくは
サザエを思いっきりぶち割った

生肉を喉に放りこんで
内攻している一本の向日葵に近づいたとたん
突風の警棒が唸りをあげた

気がつくと
きまじめに
飛魚に引率されて
向日葵がうなだれた進軍を開始している
愚かにひたすら
投網が待っている

機雷はふたたび海底で眠りだす

花畑はもうない

部落

凝視された気圏に
水相系の反吐が落ちつづけている

でこぼこだらけの丘陵地の赤土
にこびりつく部落に
どろどろの汚水が流れ込み
虐殺の記念碑はみるみる洗滌される
朝鮮人は忍辱の血にさらに滲みつづける

ぼくは廃液の海にかがみこむ

ぼろ船に身を小さくして
今日も侵入してきた無視された名前のない顔

そして顔
ぼくらに似ていてしかも似ていないこと
を主張しないではいられない目が
ぼくに食い込む

ぼくはどっぷり廃液につかったまま
落ちつづける反吐の持主を捜す

韓国人学生　梁　勝将に与える詩

燃える気魄の言葉が降り注ぐ
日本民族の犯してきた長く暗い夜と
今宵とはきっぱりと違うのだ

低く鈍い海の唸りが
　アリラン哀歌が聞こえる
　抗日パルチザンの歌が響く

慶尚北道出身の君は
日本人のぼくと肩を組み
凝と見つめ合っている
あと五年後のほんものの祖国《チョグク》を見てくれという
ぼくは苦難を耐えてきた君たち若者に
逞しい筋骨と
清冽な魂とを発見した

　玄界灘の漁火が見える
　土砂降りの雨の中に抑留漁民の収容所が見える

海一つ距てて
李承晩ラインを境にして
君たちとぼくたちとは今日も複雑に対している

二十数年も以前には
北九州や下関の漁民は
夜
舟を操り漁をし
暁
釜山《プサン》の朝市で商いしたものだ
そして
朝飯《あさめし》は君の国で食ったものだ

千三百年も昔
ぼくたちの祖々《おやおや》は君たちの祖々《おやおや》とともに
大和明日香を雄々しく築きあげたのだ

この烈しく炎える日本《イルボン》の新緑を見ると
緑のない祖国の山河を
飢えた少年時代を憶い出すという
朝鮮戦争の劫火に痛むという
耶蘇のみが力だという

　少年の日
　夢見た高麗の青磁器
　慶州仏国寺の壮麗な新羅の美術

ぼくら兄弟は讃美歌を歌う
星座の岡崎公園で
突然　梁　勝将が黙った
ぼくも明日に向って口をきりっと結んだ

バーシー海峡

台湾坊主だよ
ぽっかり

ぽっかり
潮を噴く海坊主だよ
ふわあ
ふわわあ
えっ
船酔いだってお嬢さん
元気を出しなよ
ほらっ
鷗がくるくる踊っている
船の後で
イルカの親子が
日本行きのプランを練っている

＊　台湾坊主とはバーシー海峡特有の荒い波のこと。

青春

グェン・ディン・ハオの恋人に代わって

月光があなたの腕をめがけた
二十歳のあなたは私のなかで膨れあがった
別れの始まりだった

父母を殺され
兄を北に残したグェン・ディン・ハオは
徴兵を受け入れた

デルタで佇ったまま私の腕がしなびた

　水遊びをしていた
泥んこになったグェン・ディンを

そっと拭いてあげた時
あなたは俄かに少年でなくなった

田植の季節が来る
あなたは真昼を行軍しつづける

きのう
村人は狩り出された
ひねもす壕を掘らされ銃の撃ち方を教えられた

きょうヘリコプターが翔びおりた
いつものように
泥水から
引き上げられた屍体はぼろぼろ
胸に弾痕
そこに蝶は翅を休めていた

青年でなくなった青年たちを
政府軍とヴェトコンとに分け
——私はグェン・ディン・ハオを探し求めていた
どうして死者の中に
あなたを求めていたのか
私は恋人の死をたしかに信じているのだ
日本へ留学したトゥオンたち
あの人たちはこの国に帰って来ようとはしない
——私の腕は銃を取るだろうか

プノンペンの午後

炎暑の白亜の邸宅では

菩提樹が茂っていた
筋肉のひきしまったりりしい将校が
たしかに耐えながら立っていた
「カンボジーの名が重たいのです。
　クメールの嫡子という意味なのです。」
曲がりくねったメコン河のように
その目はやや疲れ濁ってもいた
その完璧に美しいフランス語は
いいようのない
たとえば石のかなしみを湛えていた
「クメールの生命を甦えらせるためには、
　信仰に等しい献身が必要なのです。」
その若い将校は
不思議なほど優雅な微笑をもらした
それはほとんど
月光のジャングルで見たバイヨンの観世音菩薩像
　を思わせた

＊　クメール王朝の王城であったアンコール・トムの一角には、バイヨンと呼ばれる怪奇な微笑を湛えた巨大な石造の観世音像が林立している。これはクメールの守護神である。

石の廃墟

太陽が白熱する
ジャングルを威圧する石の遺跡が燃える
鮮やかな橙の袈裟に包まれてカンボジーの僧侶が
　燃えあがる
火焔光背の中で廃墟が燃えさかる

それでいて気が遠くなるほど静かなクメールの廃
　墟で

全身汗まみれになり
瓦解した石のひとつにさえ
私は眩む

とつぜん猿《ましら》の群声がジャングルをつんざく

猿が燃えあがる

——私の存在がいよいよ小さくなる

壁という壁に
過剰なまでにびっしり
豊満な天女《アプサラプス》の乱舞と
ジャングルの戦闘が浮き彫りにされる

痩身の僧侶が手を当てて思いを凝らす
だから彫刻はみな黒く艶やかに光っている

——昔
唐招提寺へ行った
ぼうぼうと枯れた雑草のまんなかで
石の戒壇が
地球の重さで立ちはだかっていた

あの時から
石が
私の中で息づきはじめた

そうだ
私は石の中に潜りこまねばならない

——突如石が
石が燃えながら語り始めた

象と猿の叫喚。
クメール王朝の癩の系譜。
犀利な槍をひっしと摑み、
チャム人の心臓にぶちこもうとする筋肉の痙攣。
軍船から蹴落され、鰐に食われる兵士のおらび。

ああ今
クメールの血が石の中からにじみ出る

天草

十字架が招くのだ
ぼくは海を越えた
花のかげで墓地が揺れ動く
墓地の饒舌は翻訳がむつかしい
遠い時間をいっきょに越えて
抗告審議を要求している
ぼくの網膜に焼きつくのは
節くれだった手と
深い深い海の眼だ

平戸

父と母に
繋がらないものを持ったぼくは
改心もどしのコルネリア
あなたにまっすぐ繋がろうとして
本土最西端の駅を降り
この島にやってきたのだ

入江を囲むなだらかな丘陵に
土塀がつづく
こちら側が禅寺で
あちら側のが密教寺院で
蘇鉄に縁取られた卒塔婆の背後に
わずかに見えるのが天主堂だ

この国で追いつめられて
立ちすくんでいる

祭壇がどぎつくて
告解堂のガラスが寒ざむとしている
イエズスのみ顔は
まぎれもなくポルトガル人で
衣にはべったりと血痕だ

謄写刷りの讃美歌が
ボール箱に放りこまれている
鍵のかかった巨きすぎる献金箱がある
神父は掛け持ち出演なので
姿を見せない

堂守の老婆が手をかじかませて

表情もなく佇っている

——コルネリア
ぼくには
炎の中のあなたの顔が見えない

霙が渡ってきて竜舌蘭の棘がしおれた

——人、全世界を贏《もう》くとも己が生命《いのち》を損せば何の
　益あらん、
　人、その生命《いのち》の代《しろ》に何を与へんや——

コルネリア
あなたは
パライソへ早く行きたいと
パードレたちとともに
火だるまになった

あの正月の空にも霙は渡っただろうか

あなたの炎さえもが
嘘のような
このねくたれた漁村の入江に
波はかえすばかりなのだ

＊　改心もどしとは、一度背教した者が、再び信仰集団
　に復帰すること。

早春

南の町で
フェニックスが雪のショールを巻いて照れた
白いペンキの教会で
いちずに生きてきたあなたと

バラ園経営を心に描く農業青年とが
しずかに式を挙げた
上海から引き揚げて
さんざん苦しんだ十数年が
あなたの水晶に花となって咲いた
ふたりは
友人たちの前で
おずおずとそれでいて固く
握手を交した
硝子を透かしてきた光りが
ふたりの上で輝いた

序列

きみらの序列に意味を感じ
きみらの序列に行動を感じ
それができるくらいなら裏小路を
今までほっつきはしなかった

かれらの序列が疾うに消え
かれらの生から様式が消え

ぼくらは何をも学ばなかった

ぼくらはてんでんばらばらになった

そこでようやく
築きあげたひとりの序列と
もうひとりの序列とが相反し
どちらの序列にもついに確信を持てなかった

そこで
ぼくは美学を専攻して

学問的な価値の基準を学ぶと
作品の序列ばかりを決定しては
ぼくの日常に目をつむってきた

視点

より鋭い視点を据えると決断はますます遠くなり
行動はむなしい紫陽花になる

出入りする外国船
そこに積載されているものを
凝っと見ているぼくの視点は複数になる

ああ図太い無神経な
キャピタリズム

ああ深い真摯な畏怖がなければ
信仰の確立は望めない

聖夜

ひたひたと波がうたっています
夜光虫が待ちきれなくて
背のびしています
あちこちで
星がきらめきはじめました

こんなにしずかな夜
時がみちて
すてられたひとびとの涙から
あたらしいメシアが生まれるのです

ひとびとは
ふたたび
よみがえるのです

島ぜんたいに星が降っています

学校

燻し銀の瓦の石畳の坂道を縫い了えると
蘇鉄の葉っぱが剣を抜いていた
向うの岡のうえに
白亜の学校が見える
街の中に
ひときわ高く
神さまのお使いのように翼を広げている
――恋人よ

こんど花が咲く時には
二人で
あの学校の先生になるのです

今日はこうして秋の陽射しを浴びて
私ひとり
透明になり気高いものに包まれていますが
やがて始まる季節を思うと
胸の底からじいんとなってくるのです

＊　下関の日和山から梅光女学院を望んで。

野生水仙

対馬海流が豊かなので
真冬に

どっさり咲く
岬の崖に水仙が咲く
部落の女らは籠に聚め雪山を越えて
町に下りる

引き裂かれて
都会を追われた若者は
見る
清楚な香りが町を包み
人が貧しいままに透き徹るのを

羞恥に満たされ若者は
ふたたび夜汽車に乗り込み
崖にへばりついた漁村の朝焼けに
合掌する

城

山全体が石垣で構築されていた
それはどっしり重く
しかも桜の花に色どられていた
ひとびとは
萌える若菜のうえに腰を下ろし
城下のかなたに広がる
なごやかな海を眺めたり
陽気な語らいに興じていた
やがて
連絡船が島の背後から姿を現わし
たくさんのひとびとを載せ
ごくわずかの貴い美しいものを載せてやってきた
二歳になった息子は

瞳孔を大きく見開いて
「船、船」
遣唐使船が帰ってきた朝のようであった

薔薇

薔薇が降ってきた
手をのばして待っていた少年に
ひゅるひゅると花びらが降りた

少年はいっぺんに吹っ飛んで
壁のうえに影が焼きついた

焼け跡に二十一年
少年は年を取らずに貼りついていた

今日
隠れんぼの少女は
壁を落書でまっ黒にした

蟬

ひたすら
青白い肉体に
光りが浸みわたっていくのを感じていた

ひとあしひとあし
松の梢をのぼってきて
その裏側に力をふりしぼってしがみついてから
羽の成熟をじっと待っていた

つらく汗ばんで

ようやっと脱け出たとき
おのれの脱け殻を見つめる余裕はない

初めての飛翔を
震えながらじっと待っている

岸壁からの報告

繋がれている船たちが不気味なのは
かれらが生きているからなのです

ことに夜ともなると
じっさいあの巨体を揺さぶるので
節々が軋るのです

ギイーギイーッと互に押し合い圧し合い
かれらが何を見なければならなかったかを
そして何をされてきたかを
間の抜けた倉庫の迷彩に
語りかけているからなのです

そんな時アイスクリームなんかしゃぶっていると
あんたはあっちへ行ってくださいなんて
すごくはっきり言われるものです

腹のあたりで揺れるランプは
希望への歯ぎしりにも似た胎動なのです
そうです
かれらはしきりに脱出を企てているのです

夜景

海峡から
幾筋もの孤独が出航している

手を固く組み合わせて
ぼくらは眺めている

さよならがはっきりと近づいている

ヨットに乗って島に渡った夏
雲が輝いた
ぼくらは未来を設計した

そしてぼくは都会の学校に戻った

愛し合ったまま
羅針盤がありもしない方角を指した

孤独が銅鑼を打ち鳴らす
幾筋もの出航だ

夏

生い茂るままにまかせた庭の
ところどころに
思い出したように山百合が咲いていた
樹齢を経た松の枝で
油蟬がじいじいと絶え間なく
けんめいの生を確認し合っていた
オニヤンマが上下になって

しっかりと抱き合いデュエットしながら
応接間に飛翔した
若い女と私はきちんと向い合ったまま
黙して
ブランデーを飲んでいた
太陽は鈍感なまでに白く燃えさかっていた
ステレオからラベルの音楽が流れていた
それは果てるともなくつづいていた
女は目を閉じて
閉ざされた日々をかすかに呪っていた

明るい午後

貧しい少年が歩いていた
そこに
疲れきった一匹の蝶が翔んできた
少女は休息を切実に願っていた
少年の優しい掌のひらが開いた
少女が安堵の吐息を洩らし
しずかに翅を閉じた時
少年の指が突然しなやかな蛇に変わった
うつくしく翅は毟られた
裸にされた少女は放り出された
少年は
鮮やかな翅を胸に飾り
王子さまになって
軽やかに歩みはじめた

出発

ぼくは孤独の陣営にいる
射程距離のなかで連帯が渋滞する

山顚に自爆してしまった君
の墓地に雪が積もる
掘起してまで抱き合おうとは思わない
しかし
切実に君の温みのある掌がほしい

ぼくは出発する
支持されないままに
裏切りのレッテルを貼られ
敵からは敵のレッテルを貼られ
——大丈夫
ぼくはほとんどがっしり立っている
昏い道を
しずかに耐えていくことを選ぶ

欅について

欅がすっかり裸になって
じつに
すっきりした

じっさい
無防備の意志というものが
説得する力を
得るために
ひたすら
冬を待っていたことが
よくわかるのだ

家庭

節くれだった指
部厚い手
筋肉の盛りあがった腕
部厚い胸

想像を裏切るほどやさしい目
飾りのない言葉
風邪ひとつ引かない甲斐甲斐しい妻
走り廻る三つになった息子
勤勉な生活

ある朝笑い声が死んだ
父が入院した

収入が跡絶えた家庭は
ひっそりかんになった
飼鳩が
ごろっぽんごろっぽんと喚き出した

息子は雪もよいのする裏の林で
枝に突き刺さっている
幾匹ものトカゲを見つけた
気まぐれのモズになぶられて
ひからびた屍体を
しんしんと見ていた

私

私が初めて父に会った日
海鳴りが響いていました

海の底から一列の人々が
緊張して歩んで来たのでした
まっ白な布に包まれた木箱の中が
私にははっきり見えたのでした
骨となった父の
何か凄い美しさなのでした
私はこうして歩いていると
底深い澄明に襲われるのです
墓場のへんな明るさが
たまらないほどぴったりしてくるのです
墓場の尽きた所に白壁の屋敷があります

人は住んでいないようです
何時も私はこの道を
あの白い壁に向かって歩いているのです
私もまた醱酵して
ひたすら献身するのです
秋に木の葉が落ちるように
それはあまりにも確かなのです
あの荒涼とした海の
白い行列に迎えられるのです

弔辞

惨めな生の終わりぐらいは
華やかな清潔さで包んであげようなどと
とんでもないまやかしを実行してはならない

惨めな生を代弁できぬ以上は
ありのままに惨めに終わらせてあげるべきなのだ

ひとは抵抗が何の力をもちえない時
みごとな虐殺をしずかに引き受けたほうがましな
　のだ
その完璧な敗北こそがすべてを告発するだろう
敗北が安っぽい美学を拒否しきった時に
ひとは生きるのだ
――ぼくは今告発を受け継いでいる

葬送

冷たい雨に打たれて
柩はどこまで行くのだ
寒い地下でただ腐っていくだけか

やめろ習慣たち
つくろった顔をして
涙を見せるのは

ああ雨の切れた明かるい草原で
蓋がいきおいよく飛び散り
砕かれた青春を召集し

はじけるばかりの輝かしいおまえが
立ち上るのが見たい

ぼくは臆面もなく
甦えりを信じているらしい

習慣

山の
てっぺんに
焼き場がある
ひびの入った童顔地蔵が
ぽつん
と立っている
残照のなか
根っ子を引き抜かれた　花
のように
一人の
女が
捨てられた
爪と髪と歯ばかりが
ひくひく動く
風が
悪臭を運んでくる
もうすぐ
始まる

赤松の丘

母は炎えようとせず
黒く染みを付けた固い切り炭になって
上昇するのを拒みました

野犬にしゃぶられて
赤松の丘で
じっと見つづけてきたのでした
炎えてください母よ
今からでも
きっぱりと
きっぱりと別れの挨拶をしてくださって
ぼくを
追いやってほしいのです
ぼくは骨の骨
あなたのたしかな肉の肉
ぼくは松林に背を向けて
旅立つことにしました

墓参

ぼくがスコップまで用意してきたのに
垂直に埋められた母を掘り起してはいけないとい
う

何時のまにか
母の髪が地面に芽を出し
その先端から
どくどくどくどくあふれるものが
父の墓石をまっ赤に染める

ぼくは突っ立ったまんまみつめている

――ところで

ぼくの母の大腿骨にしっかりと根を張って
腐肉をしゃぶりながら
けらけら笑いこけた草がある
ぼくも思わず笑いこけてしまった

もう墓参なんてしなくていいんだ

指

耳から
祖父の指が
抛り出された

祖父の指を
父が舐めた
父の指を
ぼくは
噛み切った

すると
血が激しく奔れ
妻の顔が呑み込まれ

ぼくの指が
なまめかしくなった

遍路墓

やぶの裏側に
小さな丘がある
陽当たりが悪い
そこに

いくつかの石塔がある
南無遍照金剛の文字が
風化に耐える
ここに倒れたたくさんのひと

丘の地下に
広い村がある
涅槃のうたが
響いている
だから
小さな丘が
ぼくらに親しい

詩集『乳房半島・一九七八年』（一九八〇年）全篇

半島通信――春

春

洛東江《ナクトンガン》の氷が割れた
仔羊が目を醒ました
耳を立てよ
言葉が渡る

授乳

むっちり脹らんだ乳房は半島にそっくりだ

誕生日

カーネーションの花束が届いた
「祝生辰」の紅白のリボンが揺れる

居酒屋

一杯だけなんて
雀の足ににじんだ血のようなもんです
ほうれ　こっちに豚の足も頭もあります
ああ　毛がついてますから
剃り取ってから食いなされ

民族衣裳のおばあちゃん

処女《おとめ》だけが着たという桃色を着て
風を孕んで歩く小鳥たち

逍遥

濁り酒の椀に
サツキの花びらを浮べて
女が清流に流すと
思いがけない岩陰から逞しい腕がのびる

笑顔で飲み干す
尽きない遊び酒遊び

長距離バスの検問

この国の言葉ができない私は
旅券の私自身の写真を見詰めている

深夜　通行禁止令

ガラスの靴が泣いている

夏

初夏

土まんじゅうの墓が明かるい
陽焼けした老婆が　烈々　草笛を吹いている

坂道

土埃りの底からジープが躍り出て
見覚えのある米人宣教師が
手を振った

到来

半年分がざざんざざん降ってきた
少年が両手を空に突き出して喚声を挙げた
――身を躍らせる鈴懸けの並木たち

梅雨

三十八度線の北の漁村で
旅僧が掌を合わせている
ここではラジオが入らない

朝

日本語の手入れをしていたら
燕が日本語で挨拶をした

ある若者の唇

I don't like Japanese.
I don't know why.

鶯

この国のウグイスは
ウータンテッキューと啼いているらしい

赤土の地方

農民は
血を混ぜて蔬菜を作っている

木について

あの木の葉っぱは

どれもこれもが
星の形をしている
ぼくは「星の木」と命名した
だが少しも落ち着けない
なぜなら
この国の言葉であの木は大きくなったのだから

夏の花

壁をまさぐっている指
肩の上に
盲の男の顔が斜めに
ひっついている
膝の上で
煤だらけの花がぜいぜい息をしている
花を毟っている
蠅

街角

金の耳環をはめ
金の首環をはめ
赤銅色の中年の女が
口唇を上下左右させ
舌を突き出し突き入れ
アルタイ語をぶっ放している

教会で

宮城遥拝ハ
本当ニモウ無イノデスカ?
はい。あそこを公園にする案もあります。
キリスト者ハ
伊勢神宮ニ行カナクテモイイノデスカ?
はい。あそこは古代美術史の研究対象です。

慶州

新羅《シンラ》の花郎《ファラン》といっしょに馬を並べて
雨の降る半月城を巡っていたら
ネムの花を食べていた巨大な竜が振り返って
「心せよ、国を荒らす者らがやって来る」
と警告した
すると
たちまち花郎の若者は消え失せて
ぼくは　ひどい風邪をひいて
雨の中でびしょ濡れになっていた

＊　花郎とは、新羅の文武両道合わせた国家推進のエリートたちのことである。

新羅《シンラ》の寺

インド人の顔をした羅漢たちが
木魚を叩いて踊ってる
金ぴかの釈迦如来が今にも笑い出しそうだ

博物館

首を刎ねられた石仏たちが
かんかん照りの芝生に端坐していて
手首だけが
ちょこんと膝にのっている

鬱陵島《ウルルンドー》

魚の会議が始まった
外国へ行く場合なぜビザが必要なのか
と話している

＊

波が高い夜
沖にイカ釣り船の灯が見えない

台風が近づいている
＊
船のエンジンの音で
夫を聴き分ける妻たちがいる
＊
どぶろくは星の涙だ
＊
背の曲がった少女が　薬水《ヤクスー》の前で飴を売っている
＊
鳳仙花をちぎって
口紅代わりにしている少女たちがいる
＊
中学校の先生が本がなくて困っている
＊
木槿が咲いている
この国の国花
私の国の葬式花

＊　朝鮮半島の東方約一四〇キロメートルにある火山島。
漁業の根拠地。わが国では磯竹島・竹島・松島など
とよんだ。「広辞苑」

国境地帯

地雷のような地響きが冷雨を突ん裂いた。朝は破られ、私は山小屋を誤発弾のように飛び出した。頭上に鵲の巣が墜ちてきた時、私はこの国に来たことをほとんど後悔していた。

再び地雷のような地響きがして赤松の根が割れた。迷彩服を着込んだ防衛蛙たちが一斉に毒ガスを吐く。蝮は薬水の岸辺をぬめぬめ滑っていく。低い軒先の人家が縮んでいく。

もう一度地響きがあたりを突ん裂く。昨日まで透き通っていた渓流は岩を噛み、ごぼごぼと焦げた音を立てて騒いでいる。血のようなものが地から噴きあがる。

私は、数日前に知ったばかりの例の瀑布の滝壺に逃れる。このY字型の瀑布は、天に助けを求めておらんだ人間が変貌したものだという。苦しむ白い音楽だ。

瀑布の奥には洞窟がある。あの動乱の日々、難を逃れた部落の人々が隠れ棲んで餓死した所である。祈りつつ落下するY字型の下で、もはや私も骨へと強制され、骨は凍え始める。骨は鎖をかけられ舟に放り出される。骨の私が国境を越えていく。燕が行き来している。

人は空翔ぶ鳥よりも自由ではないかと新約は言ったが、今でも本当だといえようか。

神の息吹で骨と骨は立ち上り人間が甦えったという旧約の一節もある。が、骨だけになってしまった今の私でさえ、復活への信仰は少ししかない。あれは、神話だ。

冷雨が国境を流していく。しかし国境は依然として在る。刹那、誤発弾が最後の燕を墜とした。凍えて死ねない骨は何処へ行く。行方不明の骨は、国境の石塔になりたいと願った。なりたいと意志してなれるはずがない。私は凍えたまま炎える。ついに私は、蒼い弧の一点である。昇り沈みもできず、ひたひたと大気の中に融けていく。もはや国境は見えない。

秋

さようなら

もうすぐ軍隊に行く子熊の縫いぐるみのような青年が、明るいベンチに腰かけて、話しかけてきた。が、あんなに努力して覚えた日本語が地割れしている。てにをは　がすっかり入れ代わってしまってる。

「今度、先生ヲ会う時デ、
　英語ニ話すことハなるでしょう。」

子熊が初めて休暇をもらう頃、
私はこの国にはもういない。

秋

青空とコスモスの季節だが、
「ほんとうのお家《うち》に帰りたい」
と幼い娘たちが訴える
（言葉は毎日通じない）

教え子

軍服がぴったりだね
肩幅が広くなったね
日本語はすっかり忘れてしまったんだね

軍人学生

生ビールを飲んでいたにこにこが
「日本ハ我ガ国ヲ三十六年間植民地ニシマシタ。ダカラ今度ハ我ガ国ガ日本ヲ四十年間支配スベキダ、ソノ時ニハ、日本人ヨリモモット残酷ニ支配シテヤロウ――。コレガ日本語ヲ専攻シタ動機デス。」

そこまで言うと、若者はウィンクをしてみせた。私は当惑し、あわててビールを喉に流し込んだ。

「シカシ、コレハ間違イデシタ。他民族ノ支配ヲ許シツヅケタ我ガ民族ノ内部ニモ、何カ失手ガアッタノデス。」

私は、その若者と過してきた半年間のあれこれを反芻した。すべてが楽しかった。が、楽しかったのは、私だけではなかったのか。

翌日、にこにこが言った。

「昨日ハ、トテモ楽シカッタデス。」

審判

アロハシャツ
よもぎ髪
てっぺんは少し禿げ
目は鑑真和尚のように閉じられたままだ
盲目のジンギスカンが
猪突猛進してくる
ぼくらは大きな円陣を作って微笑しながらの高処
　見物だ
何処へ行くのだ、ジンギスカン
義経伝説をおんぶしたにしては
見るも無惨なていたらく
円陣が小さくなる
雨霰の石つぶて
ジンギスカンは
よろよろと立ち上がり
琵琶を片手に語り弾き
　祇園精舎ノ鐘ノ声
　諸行無常ノ響在リ
見えない目からこぼれる涙が赤い
見物どころではなくなった

東海の島国からやってきたぼくは
そわそわ
この調子だともうすぐ
盲目のヒデヨシも出て来るのではあるまいか

＊　歴史的事実に拠れば、元が高麗を侵略した時、ジンギスカンは既に死亡していた。
しかし彼は、永久に侵略者のシンボルである。

ポプラ街道
並木の上空はるかを
北方系の騎馬族が駆けぬけていく

愛してされて

ライラックの匂いをふりまきながら
俺の前に現われた女は
ヨーロッパ人のように鼻が高いが
ほんとうはユーラシアの騎馬民族の娘である
たどたどしい日本語のせいだろうか
いやにはっきりとものを言うのが癖で
「愛しています」
と大きな黒い目を更に大きくして言ったので
思わず「ハイ、分カリマス。」
なんてへんてこな返事をしてしまった
それからというもの
ライラック嬢に引きずられて
毎日遊びに行ったが
最高だったのは
血の海のような丹楓の峠を
馬で越えた時だった
嬢は
「地球の向こう側へ行きます」
と言うが早いかピシリと鞭を当てたので

「はい、わかります」
と力を籠めて答えたら
そのまま俺を離してくれず
七時間も俺は愛してされてしまったのだ
それからどうなったか
今は公表する余裕がない

哀号船

女は顎をしゃくり上げた。河口の対岸に、ほそほそと這っている岬がある。あの先端あたりに女の家がある。

　ナツメはすでに実っているだろう。

　土の甕には手作りの味噌や醤油やキムチがいっぱい詰まっているだろう。

　女は船に乗ろうとしない。女はここで泊まろうと言う。旅人宿で刺身と焼酒に身を沈める。月光が波止場にちらちら散り始める。あえて帰らないだけだとぶっきらぼうに言う女の髪。体が急速に冷える。ぬくめあうだんまり。旅は終らない。女はとつぜんけたたましく、「アイゴー、アイゴー」と喚き、渡って行く船に向かってツバを吐きかけた。旅は続く、船なんかいらない。二人の旅がまさに哀号船だ。どこへ、どこへ！　限りなくわたし独りの魂の裏側へ。

日曜日

秋にしては汗ばむほどだ
河原に曲芸団のテントが張られた

筵の上に坐りこんだ貧しい見物人たちは
口をあんぐり開けて
待っている
口の周りには蠅がいっぱいたかってる

待って待って待ちくたびれた頃
幼い娘が無愛想な顔付きで登場した
トランペットの一声を合図に
梯子が高く組み上げられた
空へま向かう平行棒と枕木だ
娘はよじのぼり
ハッと見えをきって
宙返った
瞬間、梯子がどっと崩れ落ちた
一本だけ残った垂直線にしがみついている娘
安全ネットはない

お次は綱渡り
揺らぐ一本の水平線
もう足が地に着かない

そのまたお次は
空中の一つの鉄輪に首を懸け
もう一つの輪に足首を懸けて
胴体は宙に投げ出されたままの空中飛行

娘は大地に蹴ちらされて
空へ空へと追われて行く

ついには、トランペットが
ペニスのように空へ向かって紅潮した
たいていの見物人も
空を見上げたまま首が浮上しそうになる

娘は天井に追い詰められてしまった
しかし娘には、テントの幕を突き破って
高いみ空へと突入する翼がない
人間を越えるものへと高められる秘蹟もない

だから、娘は思い切って、
高い高いテントの梁に両足を懸け
ストン
逆さ吊りになった
自分を捨てた大地に向かって
求愛の髪を逆《さか》おろし
もろ手を突きおろし
まっさかさまに世界を歩いて行く

テントの外では
教会帰りのしあわせなカップルが
柳の岸辺を歩いている

ほれ、テント一枚の差で
世界は十分に倒錯する

耐えられなくなったトランペットが
射精した時
地にも空にも拒否された娘は、突然、身を反らし、
見えない世界へダイビングした

テント小屋がはげしく吐いた
汚物の中に
娘の死骸があった
死骸はめらめら炎え上り
大地を噛みしめるように歩いてみせた

冬

乾燥期

砂塵の底を
ヘッドライトを点けて
突破するトラック
のまん前を
はげしく一直線に切り裂いて
雉子が翔び立つ
どこへ！
ひびわれるカーテン
乾き切った草と木と人間が
帰郷の朝のように
水の匂いへ向かって
いっせいに立ち上がる

馬

この国の馬は小さい
ところが
軍馬は大きい
だって軍馬が小さかったら
皆が噴き出してしまうじゃないか

病気

骨付き肉を食べている兵士
の骨にはひびが入っている

オンマー（おかあさん）

この国でも
兵士の多くは
「オンマー」
と言って死ぬ

濁り酒

若い将校と松林で飲んだ
ずいぶん冷えこんでいたし
どうやら雪になりそうだった
たまたま知り合って
言葉も通じなかったが
腹いっぱい酒が熱かった
切ないような寒さの中
ついに酒を切り上げた

菊

荒っぽさと
優しさに溢れた学生と
酒を飲んでいるうちに
深い夜に切り倒されそうになる
　今日ハ今日
　明日ハ明日デス
　健康デアレバイツカマタ会エマス
別れが日常化している国の台詞だ
　ズイブンオ世話ニナリマシタ
　オ礼ニ東洋画ヲ描キマス
墨筆をとった顔のひたむきさ
菊が浮かび上ってくる
春になれば
前線へ発つという
零下八度の戸外では
祈禱会の鐘が鳴っている
凍えたこの町から
私たちはもうすぐ南北へ別れ去る

聖誕祭

ガンガンガンガン
すわっ、半鐘だ

八百屋お七の狂乱だ

ちょっと待て
この出べそ半島にお七がいるもんか
あれは愛の炎上だ
教会堂のてっぺんで炎えている

すわっ、一大事
クリスマスがもうすぐだ

風説

花が歌うのではない、私が歌っている
水が泣くのではない、私が泣いている
私は文字よりも明澄に歴史を記録している

葬式

霜の氷が草木を締めあげる
めりめり折れていく朝
人間たちは着られるだけ着こみ
ふくら雀顔負けの恰好で
くあんくあん歩いている
吐く息がまっ白だと思ったら
まっ白な造花の花輪が凍えている
粗末な麻の帽子と麻の着物を着て
ふてくされて煙草をのんでいる若者がいる
死んだのだ
昨日までどぶろくを作っていたおっ母が
死んだのだ
草木が壊れるこの季節には
人間もまた壊れかかって歩いている

目と耳

もともと左の目と左の耳が悪いのだが

このごろ左目と左耳でよく夢を見る
不透明な風景の向こう側から
屹立して歩いてくる者が見えてくる
耳鳴りの向こう側から
確信にみちた肉声が聞こえてくる

俺は右の目と耳で仕事をしてきたのに
左の目と耳が気になるのは何故だろう

そして
左と右のまん中
ちょうど俺の額のまん中を
オーバーの襟を立てて
俯いた宮沢賢治が歩いてくる

帰国

誰もいないので
俺は安心して泣きたくなった
人生が終ったような
新鮮な朝だから

詩集『野兎半島』（一九八五年）全篇

鶴

ベッドに入ったら鶴がいた
長い首を胸に埋めて
羽をたたんで眠っていた
俺はそっと滑り込んだ
いつのまにか眠ってしまったが
気がつくと
鶴と俺は
抱き合いながら
するすると星空を昇っていた
その時鶴が初めて日本語で喋った
「与ひょう、私の与ひょう」
と

汶山《ムンサン》行

——一九七八年秋、韓国・大田《テジョン》にて——

——一九八一年三月××日（日曜日）晴。
列車は吐息をつきながらようやっと辿り着いた。粗製乱造のオープンセットのようなちゃちな終着駅。

——なんという透明な春の光。
それにしても奇妙に寒い。

構内。吹き込んでくる土埃。

新兵らしい痩せ型の若者が入ってくる。その背い高のっぽの息子を、娘に支えられながら母《オンマー》が見上げている。キムチ焼けの顔。束髪には霜が降っている。「アイゴー、いつまた会えるのかｪー」。汽車が折り返して行く。柵に立って手を振りつづける息子。

——土埃を蹴って朴《パク》中尉が現われた。安宿に行き荷物を預けて町に出る。

店に入る。休暇の兵士で沸き返っている。軍服。そして軍服。豚の脚《あし》を湯がいた奴が皿いっぱいに出て来た。焼酎とどぶろくと血の匂いが鼻を突く。「日本語ハ禁止《タブー》デス」と中尉が耳打ちした。

まっしぐらにタクシーを北に飛ばす。統一道路。イムジン河に突き当たる。もう氷は張っていない。青灰色。土手はまっ茶色である。

——二つの岸辺に

白いタンポポの群れがある。

「自由の橋」が北へ向かっている。

汽車が北に向かったまま停まっている（北側の汽車は南を向いているに違いない）。中尉は微笑したまま何も語ろうとはしない。

町に戻る。酒場へ行く。まだ四時過ぎだ。暗い。赤い灯。女たちが来る。初めてのニッポン人客だという。麦酒《ビール》、麦酒《ビール》。飲む以外にすることがない。喋ったところで深い意味が通じない。女の耳をいじっていたら、フロアーで喧嘩が始まった。下級兵士の額が割れた。中尉が出ていき相手を一発殴ってケリをつけた。

李《イー》中尉が来た。士官学校卒の職業軍人である。「北と南が一つになる日を信じる」と言う私に向かって、「マズ祖国ヲ守ルタメニ、血ヲ流ス覚悟ガ無イカギリ、ソノ言葉ハ死ンデマス」と答えた。

他の店へ行く。かれらの言葉が分らなくなる。どうでもいい。笑っていればいい。歌っていればいい。女の一人がニホン語で歌い出す。

——こんなに　別れが　苦しいものなら

通行禁止令が近づく。

兵士たちがタクシーを奪い合う。

朴中尉と李中尉が私の宿まで来る。泊まるという。明日、板門店《パンムンジョン》へ行きたいか、話をつけてやるという（そのくせかれらも行ったことがない）。——またしても麦酒《ビール》。ニッポンやアメリカの情報が知りたい、という。

なんでも話した。

しばらくして李中尉は女と隣室に消えた。
私はオンドル部屋で横になった。
ふと気が付くと酒場で会った女が立っている。
朴中尉が入ってきた。
「先生モ人間デスカラ、
人間的ナ夜ヲ過ゴスノガ良イデス。」
明け方、烈しい下痢に襲われた。女はもういなかった。
——朝、トウガラシがしこたま効いているごった煮のメシを食った。
とうとうぎりぎりの時間が来た。

——朴中尉は、一つ一つ言葉を探しながら言った。
貴方ハ帰ッテイキマス。
貴方ハ出入リ自由ノ日本人デス。
私ハココニ留マル韓国人デス。

『硫黄島の砂』ヤ『ゴルゴ13』ノ漫画モ好キデスガ、本当ハ日本ノ小説ガ読ミタイデス。今度来ル時ニ持ッテキテクダサイ。

私ハ貧シク育チマシタ。将校課程《コース》ヲ歩メバ就職ニ有利ダト聞イタノデス。シカシ、ソノタメニ前線ニ勤メル身ニナリマシタ。モチロン仕事ハ一生懸命ニヤッテイマス。トテモ疲レマス。

コノ頃ハ、時間ガアルト眠ルカ飲ムダケデス。モウスグ除隊シテ、ドウナルカ分リマセン。

農民ガイイデス。
デモ、我ガ国デハ農民ハ働イテモ働イテモ搾取サレマス。
ダカラ無理デス。

父母様ハ会社ニ行クヨウニト言イマスガ、私ハ大学院ニ行ッテ、人生ニ一度ダケ真剣ニ勉強シタイデス。

先生、昔言ッタヨウニ、四国へ行キタイデス。農村ヤ漁村ガ見タイデス。

ケレドモ、学点ガ低カッタノデ、
出国スルノハ難シイデショウ。

ここまで言うと、朴中尉は挙手の礼をした。

「さようなら」

「ア・リ・ガ・ト」

深く辞儀をすると、中尉は土埃の中へ呑みこまれた。

――夕刻。

列車は南へ南へと走っていた。

中尉と知り合った大学が闇の中へ倒れて行った。

夏

1　来日

もそっと降りてきたのは、しなびきった胡瓜《きゅうり》である老先生、であった。先生は新幹線の飛行機窓からじっと、ニッポンの風景を見ていた。日帝三十六年、解放後三十六年のあらかたが先生の人生でもある。

日本人ハ、ツキアッテイルト、良イ人ガ多カッタデスヨ。我ガ半島ニヤッテキタ日本人ト同ジ民族ダトハ思エナイホドデシタ。ヤハリ本国ニイル時ト、植民地ニイル時トデ　人間ハ変ワッテシマウノデスネ。

2　水泳

夕焼けが海を染め始めた。ホテルのテラスで、書き下したばかりのフランス語の論文をぼくに見せながら。

激動ノ歴史デス。日帝植民地時代、光復節、南北分断、韓国動乱、ヴェトナム戦争、ソノ間ノ独裁政権、圧政。――マトモニ学問ト教育ニ励ム余裕ガアリマセンデシタ。ダカラ寸暇ヲ惜シンデ勉強ヲシテキマシタ。

「我思フ、故ニ我アリ」ト、デカルトハ言イマシタガ、今ハ、「存在スルタメニハ、考エナクテハナラナイ」時代ナノデス。アラユル思想的財産モ、民族ノ主体意識ノ上ニ立ッテ再読サレナイカギリ、生キルコトハナイノデス。私ハ吹ケバ飛ブヨウナオ爺チャンデスガ、生キヌクタメニ考エツヅケテイマス。

創氏改名、強制連行、朝鮮語廃止ノ時代ガスナワチ私ノ暗イ壮年期デシタ。シカシ、ソノ頃デモ、太陽ハ輝キ、海モ輝イテイマシタ。明日ハ、泳ギマショウ。オゾマシクテ懐カシイ日本ノ海ニ、痩セサラバエタ肉体ヲ浮カベテ、私ノ好キナ、イザヤノ預言ヲ誦シマショウ。

人はみな草なり
その栄華《はえ》はすべて野の花のごとし
草は枯れ花はしぼむ
ヱホバの息そのうへに吹《ふき》ければなり
実に民は草なり

――ソウデス。私ノ信念ハ、韓半島ノ、非武装中立化ナノデス。

3　本屋

老先生とぼくは、京都の古本屋街を歩いていた。先生が繰るのは京都学派の哲学書ばかり、ぼくが繰るのは詩集ばかり。街路樹が葉をひるがえしつつ、花いちもんめをして遊んでいる。先生は紫煙をくゆらせながら、ふとつぶやいた。

良心ガ沈黙ヲ強イラレテイルノデス。
難世デス。

しばらくして大好きなコーヒーを喫んだあと、老先生は静かに口を開いた。

生キナサイ。何ノ為ニ、誰ノ為ニ、ヲ良ク考エテ。

橋ニナリナサイ。耐久力ノアル橋ニナリナサイ。草デアル花デアル人間トシテ、神ノ息ヲ受ケテ、死ヌ日マデ生キテイナサイ。正義ヲ愛スル人々ガ滅亡セズニ生キラレルヨウニ、人間ノ尊厳ヲモッテ生キナサイ。

4　離日

銀翼が光った。老先生の帰国。
先生はぼくの祖父のようだ。

忠清北道

——一九八一年晩秋——

I

しがみついてる柳の葉っぱ。やけっぱちな風。舞う蛭。電話がないので人づてに聞きまわって、ようやっとやってきた。その村は、岩の多い低い山々に挟まれた街道筋にあった。バス停の近くに派出所と役場と学校が固まっていた。驚いたことに、その村は、大田《テジョン》と公州《コンジュ》を結ぶかつての主要道路の途上にあり、私も三年前何度も通過したことがあった。目指す家は村はずれにあった。

冷えきった庭土の上に一枚の莚《むしろ》。首が折れそうな老いた夫が、うずくまっている。いや、薪《まき》を割っている。

　　寒さで割れてしまった唇。
　　じつは鶏頭が一茎立っている。

老人は、韓国語で吐き捨てるようにまくしたてた。

　新聞ならごめんだぜ。わしらのことを哀れっぽく書き立てるからな。大学の先生様もごめんだぜ。なんだかんだと質問して、それで終りだ。わしらの過去を根掘り葉掘り聞いて、それでどうする気だ。帰ってくれ、そっとしておいてくれ。日本人妻がそんなにおもしろいのか。

老人は、よろめくように外へ出て行ってしまった。

Ⅱ

しばらくして、老いた妻が帰って来た。あねさんかぶり。ひび割れ煉瓦の手。ひび割れて砂混じりの顔。名前、山田マツ。農家のイチゴ苗の植え付けに時間労働で出ているのだ。夫は帰って来ない。身代わりに、よろよろと土に這いつくばっているはずだ。

一間だけのオンドル部屋。が、火の気はない。家具もない。――山田さんは、口をO型に開きながら懸命に言葉を探している。祖国の言葉は容易には帰って来ない。

ホントニ、四国カラ。
アア、
海ガ、懐シイ。
クニハ、土佐ノ漁港ダヨ。

日本語、忘レテシマッタ私ガ、初メテ里帰リシタ時、「オバサンノ方言ハ沖縄ニモナイ。イッタイ何処カラ来タノカ」ト詰メ寄ラレテ、困ッタ。韓国帰リダト言ッタラ、親戚ニ迷惑ガカカルカラ。結局、バレテシマッタ。アハハハ。

ボーブラノ種子ガ欲シイ。ソウソウ、カボチャノコトダ。四国ノ丸イカボチャハ甘イカラ。


一番下ノ息子ハ、今、マレーシアデ働イテル。三回モ手紙ガ来タ。

一番下ノ娘、京城《ソウル》デ働イテルケド、「母サンガ日本人ナノデ、イツモイジメラレテキタ。ダカラ、母サンガ嫌イ」ト言ッテタケド、先日帰ッテキテネ、「母サン、今度里帰リスル時、連レテ行ッテクレ」ッテ言ッテクレタ。私、娘ヲ抱イテ泣イタ。

主人ハイイ方《カタ》デス。主人ハ、私ニ、日本ニ帰レッテ言ウ。デモ、主人ハ、重イ関節炎ダ。薬ガ買エナイ。アノ鶏頭ノ花、乾カシテ、ホグシテ、煎ジテ飲ムト、利ク。ダカラ、大事ニ育テテイル。

時々、日本ノ修学旅行団ノバスガ、通ル。「××

高校訪韓団」ノ横幕ツケテ。九州モ四国モアル。私、夢中デ手ヲ振ルケド、声ガ出ナイ。アトハ土埃ダケ。

四国ハ、
温《ヌク》クテ、
海ガキレイデ、

デモ、モウ帰ラナイ。日本ニ帰ッテモ、幸セニハナレナイ。私ガ選ンダ国ダカラ、子ドモモ孫モイルカラ、ココデ死ヌノガ本当ダ。

今度ノ冬ヲ越セルカドウカ、自信ガナイ。仕事モナイシ、モウ体ガボロボロ。病気ノ主人ト抱キ合ッタママ、ジット春ガ来ルノヲ待ッダケ。

どうか安心して冬眠をしてください。春一番に私がやってきて起こしてあげます。

私はきっと帰ってくる。黄色いレンギョウの花が開く春先、海を歩いてくる。私のリュックの中には、瓶詰めの海。ボーブラと鶏頭と朝顔の種子。絵葉書。花林糖。金平糖。讃岐うどん。民謡のテープが入っているだろう。

アッハッハハ。写真ナンテ、ズイブン写シタコトナカッタ。デモ、コノママジャ恥カシイ。待ッテテ。

Ⅲ

山田さんは、モンペの上にチマをつけた。かぶりを取って、油気のないばさばさの髪を手でといた。

私たちは、埃っぽい田舎道をずっとずっと歩いた。
山田さんは私のすぐ後にそっとついて来た。しが
みついている柳の葉っぱ。風。

村境の小さな橋の上でお別れをした。
　死ンダラ、魂ニナッテ、港へ帰リ、先祖ノ墓
　参リヲサセテイタダキマス。
橋を渡ると、風の方向ががらりと変わった。
　夜、死んだ母の夢を見た。
　母は、ゆっくりと海を流れていた。

亀甲船《コブクソン》

Ⅰ　再会

——霧が大地を音立てて移動していく。
　　野菊が凍ったまま咲いている。

電話するとたちまち
弾雨のような韓国語が襲いかかってきた。
やがて
鞄を放り上げて
転がり落ちてきた弾丸。
　長髪。
金八先生ではない。精悍な日本語教師。

——オンドル部屋の下宿。
オッ、亀甲船《コブクソン》がある。
色は塗ってない。全長一メートル。
背中にびっしり鉄の三角錐が突き出ている。
　顔は歯をむいた龍神
尻は不死鳥の翼

秀吉の侵略に立ち向った李舜臣《イースンシン》が考案した装甲船だ。
背が低く隠密行動自由自在。
ついに日本軍を撃破した世界最古の鉄板船だ。
「私ガ軍隊時代ニ作リマシタ。
シカシ、コレハ私トアナタノ友情ノ船デス。」
（もはや先生とは言わなくなっていた）
約束のハーモニカを渡した。
「鳳仙花」が腸に沁みこんでくる。
「――コウシテルト、学生時代ニ帰ッタヨウデス。
アナタノ家デ秋夕《チュソク》ノ宴ヲシマシタ。
アノ時、私ガコノ曲ヲ吹キマシタ。
――ケレドモ
アノ時ノヨウニハ
今ハ楽シクアリマセン。」
が、にっと笑った。
月給袋には
本人さえ分らぬさまざまの税金名が記してある。
下宿代と父母への仕送りを差し引けば
それはあまりにも少額だ。

Ⅱ　高校

七時四十五分から受験クラスの特別指導。

弾丸といっしょに一日中教壇に立つ。

「林《イム》　賢一《ヒョンイル》君ノ自殺ヲ日本人トシテドウ考エマスカ」

「在日韓国人ヘノ差別ヲドウ考エテイマスカ」

質問が襲いかかる。

昼めしを口に放り込みながら、
「ドウニカシテ、日本ニ対スル正シイ関心ヲ持タセタイト思ウノデスガ。
私自身、日本へ行ッタコトガナイノデ、本当ノ確信ガ持テマセン。」

Ⅲ　夜

日語科主任の呉《オー》先生と日本語が達者な鄭《チョン》先生の出現。
私たちを市内へ連れて行ってくれた。
電力節減の暗い町もなんのその。人、人、人の洪水。
雀の焼き鳥
蛸のぶつ切り
焼酎をあおる
ぐんぐん酔う
ストーブがきかない
突如、日帝の軍歌が耳をつんざいた。
あたりかまわず声を張り上げる五十代のお二人。
勢いづいて軍人口調で話し出す。
「貴様、トイウ日本語ニハ愛情ガ籠モッテイル。
貴様、飲メ、モットモット飲メ！」
弾丸は露骨に嫌な顔をした。
がまんできなくなった弾丸は、すっくと立ち上がり、
怒りをこめて韓国語で抗議をした。
――が、儒教の風土で育った弾丸は、やがて口を閉じた。
顔面が蒼白である。
重っ苦しい時が重なっていく。
突如、弾丸はうっぷしてがばがばっと吐いた。

Ⅳ　朝

亀甲船をていねいに包装してくれた弾丸が、
「私ハ、昨夜ノアアイウ世代ガ嫌イデス。
本心ハ日本人嫌イノクセニ、
日本軍隊ノ用語デ話シタガリマス。
軍歌モ好キナノデス。」

――真っ白な霧が大地を移動している。
亀甲船が一隻ターミナルで待っていた。
弾丸が誘うので私も乗り込んだ。

いちめんの野菊の平野を船が滑っていく。
はるかな丘の上で十字架らしいものが光った。

弾丸が聖書を静かに朗読している。

山上の垂訓である。

――悲シンデイル人タチハ、幸イデアル。
彼ラハ慰メラレルデアロウ。

――義ノタメニ迫害サレテキタ人タチハ、幸イデアル。
天国ハ彼ラノモノデアル。

「私ハ、洗礼ハ受ケテイマセンガ、神ヲ信ジテイマス。

――モウスグ釜山《プサン》デス。
アナタハ、関釜フェリーニ乗リ換エナサイ。
サヨウナラ。
私ハ、コレカラ北上シ軍事境界線ヲ見ニ行キマス。
ソコデ考エタイノデス。

分断サレタ国家ヤ民族ヤ歴史ニツイテ。」
――亀甲船《コブクソン》は霧の中に消えて行った。
私はまっすぐに見えない日本を見つめた。
箱を開いた若い税関吏が、
「この船の意味を知っていますか」
あざやかな日本語で皮肉いっぱいに聞いた。
「イイエ、何モ知リマセン。
トッテモキレイナ船デス。」
とていねいな韓国語で答えた。

（一九八一年十二月五日）

花

赤イ百合ヲナイフデ切リ裂イタヨウナ
アノ花ノ名前ハ何デスカ
心臓カラホトバシル血ノ匂イガシマス
日本人ノ好キナ花火ノヨウデス
私ノ祖国ニハアリマセン
デモ　アノ花ハ
私タチ韓国人ニコソフサワシイデス

ハルモニーの午後

一九八二年三月。朝、釜山《プサン》。高速バスは北上する。かすかに春の予感を孕んだ半島を戦地に急ぐように突っ走る。洛東江《ナクトンガン》を渡り、秋風嶺を越え、海のない忠清北道へ。

かつて韓国のハイデルベルクを目ざした清州市には、柳が芽吹いていていた。どぶ川も異臭を再び放っている。大好きな活気ある市場。リヤカーには野菜や魚。屋台には豚の腸やオデンや焼酎。キムチがにおう。

天主教教会の横道は、突然静かで、旧日帝が残した鉄道官舎が並んでいる。目ざすその家には、大正時代好みの小さな洋室がくっついている。家の周囲のくすぶった赤煉瓦の塀には蔦がかつがつ明るい緑を帯び始めていた。

聖日の午後、十二人のハルモニー（おばあちゃん）がゆっくりとやってきた。ひっつめ髪がほとんどだ、おかっぱもいる。皆五十代以上である。ほとんどが韓服を着て、ぶ厚いカーデカンをはおっている。二人は昨秋会ったことがある。主催者の夫人は、前からよく知っている。「ございます」とていねいで美しい日本語を完璧に守っている。

私はお菓子とお茶を取り出して、食卓に置いた。湯呑みを両手で支えて、ハルモニーたちはおいしそうにすすった。

オ互イ元気デ冬ヲ越セテ良カッタ。マタ新シイ春ヲ迎エラレタ。今日ハ野遊ビノツモリデ大イニヤロウ。

ソウダ、ソウダ。歌ガイイ。日本カラノオ客サンガイルカラ、日本ノガイイ。東海林太郎ノ「赤城の子守唄」ガイイ。

アノ人死ンダソウダ、惜シイコトヲシタ。イツモ礼儀正シク突ッ立ッテ、イイ声デ歌ッテイタネ。コノ頃ノ日本ノ歌、分ラナイナ。アレハアメリカサンノ言葉ト違ウノカネ。

「赤城の子守唄」を声を合わせて歌い出した。小学校一年生のようだ。

日本銀行券・壱万円を見せると、隣のハルモニーがすばやくひったくった。ひったくったかと思うと鼻にぴたっと押しつけて、「日本ノ匂イ、日本ノ匂イ」と言った。皆がお札を奪い合い、つぎつぎと嗅いだ。聖徳太子がびっくりしていた。

絵葉書を見せていると、「コレ、ホレ、私ノ家ダ」と指頭で押え込んだハルモニーがいた。絶対に違うはずなのに、「私ノ家、私ノ家」を連発する。

皺だらけのハルモニーのそばに、五歳の男の子がちょこんと坐っている。孫だ。ハルモニーの異国語をきょとんとした目で見ている。

すっかり古びているとはいえ、なつかしいタタミの部屋。ハルモニーたちは望郷ごっこを遊んでいる。

会話がとぎれた。すると誰かが再び歌い出した。

一ツ出タホイノヨサホイノホイホイ
一人娘トヤル時ニャー、ホイ
親ノ許シヲ得ニャナラヌ

二ツ出タホイノ――――

日本人ノオ客サンノ前デスミマセンガ、コレガ一番ナツカシイ歌デスヨ。

限りなく繰り返されるヨサホイノホイホイ。

林長二郎ハハンサムダッタナア。今ハ長谷川一夫トイウンダッテ。厭ナ名前ニナッチャッタナア、ホントニ。上原謙モハンサムダッタ。元気デ何ヨリダ。

エッ、二歳ノ子ドモガイルンダッテ。

ワシラモ長生キシテレバ、少シハイイコトアルカモ知レンネエ。

一ツ踊ロウカ。

腰を丸めた外股歩きは危なっかしく、坐っている時よりいっそう老いて見えた。黄色いレンギョウが二分咲きの庭。

アリラン、アリラン、アラリヨ、アリラン、コーゲロノーモカンダ。陽炎。踊りつづけるこれらのひとびとは、日本人だろうか、韓国人だろうか、それとも歴史の向こう側に置き去りにされた東アジアの幻の民だろうか。しかし皆、明るい。光りの中に遊ぶ蝶々である。

夫人が私に言った。

よくごらんなさい。二つの国から捨てられた女たちが、断念の果てに得たものは、かぎりなく自然に近づいていくことなのです。一人ずつがこの国の土まんじゅうになり、やがて文字通り、自然に帰っていくのです。


気がつくと、ハルモニー蝶は消え去っていた。

夜、私は息子のウンテギーといっしょに門を出た。ディスコを踊った。

ウンテギーは言った。

父ハ韓国人、母ハ日本人。

僕ハ二ツノ国ノ血ヲ浴ビテイルカラコソ、
新シイ生キ方ヲ発見シヨウト思イマス。

帰宅すると、申先生はオンドル部屋で、テープの古典落語を聴いていた。夫人は有吉佐和子の『紀ノ川』をしずかにめくっていた。

私らは、冷えきった洋室で、軍隊の話をした。

名前

もちろん私には名前がある
けれども本当には名前がなかったのだ
李《イー》 秀英《スヨング》
韓国人留学生、当時満二十七歳

眺めている、四回目の梅雨を。この国の住人が好きな紫陽花が揺れている。私の庭では、無為の花が揺れている。

老いたお父さまは、私に男の名前を付けて、長男のように育ててくださった。不遇だったお父さまは、私を大学教授にして、祖霊たちをお慰めしたかったのだ。

私は日本人教授を頼りに、梅雨に濡れながら、日帝の恨みの海峡を渡った。なんとしても、お父さまの夢は達成されねばならなかった。

何故だったろう、日本語を専攻したのは。かつて軍属として日本《イルボン》の軍港を渡り歩いたことのあるお父さまが、日本《イルボン》の話をよくなさったせいでもある。子どもらに都合が悪い時には、お父さまとお母さまはいつも日本語《イルボノ》で話していらしたが——、あの魅惑的だった擬似母国語のせいでもある。

最初の下宿は、桜の木がある和風の二階であったが、厠の異臭がたえず私を苦しめた。頼りにしていた教授は、この地で会ってみると距離感があった。日本語が話せる機械にすぎない私は当然のことながら影が薄い。

夏。蚊がうるさい。自慢のモチ肌が赤くただれた。心の庭に招いてくれる友だちがいない。私は、たった一人の、韓国人だ。

夏の終わり、焼肉屋を経営している同胞の家に移った。驚いたことに、韓国語がしゃべれない二世だった。夫人は内縁の日本人で、子どもらは私をねめつけた。私は、ことさら韓国語を混じえてしゃべることにした。母国語ができない同胞なんて何の魅力もない。

——秋のある日、目を痛めた。コンタクトのせいだ。韓国製コンタクトは直せないと言われた。入院して、両眼が繃帯で覆われた。まっ暗だ。私はお父さまを呼びながら泣いた。

回復したあと、私はときどき、明るい西洋が咲いているような喫茶店に坐ってみては、韓日の歴史の庭を振り返って歯ぎしりした。そして、「日本人よ、雷に砕かれて海峡で死ね」と、そっと口に出してもみた。

思い切って帰国した。
祖国の光と風。
後輩たちが日本の話をせがんだ。
急に能弁になった。
私は笑顔になり、
風を切って歩く自分に満足した。
母国語がやさしく私を舐めてくれるので、裸になりたいくらいだった。

もはや、日本語を専攻する意義をほとんど感じなくなっていた。しかし戻らねばならない。私とは、お父さまの夢なのだから。正月が明けてから大学に戻ると、教授も学生たちも冷たかった。授業をすっぽかして帰っていたのだから。私は構わなかった。とうにこの小さな地方大学を見限っていたから。じつは、学問とは初めから縁が無かったのだ、とすでに分っていたのだ。

どういう風の吹きまわしか、一年後、私は東京の某大学院に合格していた。その頃、お父さまが倒れた。慰めなんか少しも欲しくなかった。

紫陽花が揺れている。私の庭では無為の花が咲いている。お父さまが亡くなった。私には、生きる主題《テーマ》がない。

はっきりしたことは、
私には名前がなかったということだ。
私は、もう、李秀英《イースヨング》ではない。

留学

おまえか、幽冥の河を流れつづける私を呼びつづける女は。

はい。よくぞお耳を貸してくださいました。私は隣の乳房半島からやってきた留学生です。名は、朴美延《パクミヨン》と申します。

おお、乳したたる高麗の娘、良い名前だ。父も母もあろうになぜ一人でこの国にやって来たのだ。

私の国は今は大韓民国と称しております。時はすでに八百年を流れました。

あなたは、現在の歴史はよくお分かりにはならないでしょうが、どうか聞いてください。――私の父は北の人でしたが、一九五〇年六月二十五日に突如私の国で動乱が勃発しました。父は同じ信念の者たちとともに命からがら南下したのです。そして遅い結婚をしました。父は反北の士であり同時に激しい反日の士であります。その娘の私がこともあろうに日本文学を学ぶことになろうとは。私は父の憎悪する日本人の魂に触れてみたかったのです。父は、「非国民、日本に魂を売り渡す気か」となじりました。私は自分を上手く説明できぬまま、海を渡って来たのです。

そして、この国で何を見たのだ。

はい、私は発見しました。たとえばこの国ではどんな貧しい家でもわずかな空地があれば花を作って楽しむ、あらゆる種類の本が並んでいる本屋は無料図書館である、贖罪意識の強い知識人は気味悪いぐらい親身になってくれる、と。さらに発見しました。民族差別の炎を燃やしつづける人々がいることも。

わが国と高麗とはそんなに酷い関係になっているのか、なんという憂世だ。

私は、大学は午前中のみ出て、午後は店で雑役をしました。乳房半島から来たと分かると、「あんな暗い国からよく来たね」。そんな時には、私はただ微笑をもって応えてきました。

——そして私は、生まれて初めて、祖国の政治や経済のありようを分析している自分に気が付いたのです。祖国を一つの国として冷静に見つめる術を覚えたのです。

生年も没年も留められることなく消え去った私は、憂世とは過ぎ去るように過ぎていくのだという半ば無念の思いで流れつづけている。して、おまえが私に執着するのはなぜだ。


はい、あなたは後白河院のご息女、しかも皇女として斎院として数奇なご生涯を過されました。摂関政治から武家政治へと移っていった王朝の黄昏の季節を、あなたはコトバとともに生きぬかれました。倭歌《やまとうた》こそあなたの生涯の証しであります。

そうかもしれぬ。では、私の歌を通して私が見えたのか。

はい。あなたの歌には、揺蕩《たゆたい》と凝視があります。〈秋は来ぬ行方も知らぬ嘆きかなたのめしことは木の葉ふりつつ〉。あなたは人の栄耀と滅亡とを、陰謀と裏切りとを見据えていました。歴史の現在にたえず血を流しながら。

そうでもあった。

私は、私の祖国の運命に心を震わせながら、あなたの忍苦のコトバを食べています。

つらくともあはれともまづ忘られぬ月日幾度めぐ

りきぬらん。

ある日、「君の国のファッシスト集団の蛮行をどう思うか」と詰問されました。光州《クァンジュ》の五月が甦えり、私の胸を早鐘が打ちました。なんという無傷な日本人、なんという鈍感な精神の持ち主でしょう。私は、頑なな沈黙で答えました。

それにしても、この国で学ぶ機会が与えられたのは僥倖でした。——やがて、祖国を思うこの小さな胸に、〈しづかなる暁ごとに見渡せばまだ深き夜の夢ぞ悲しき〉という歌が突き刺さったのです。式子内親王さま、私はあなたにめぐり会ったのです。だから、私はあなたを呼びつづけました。

乳したたる高麗の娘、美延よ、よくぞ呼んでくれた。——めぐり会いといえば、おまえも女ゆえに分るであろう、私の胸に深く翳を宿したお方がいらした。

私にも、祖国で待っている人がおります。

明日は七夕、雨が降らねばよいが。

私の国にも七夕があります。もし雨が降ったら、それは愛する二人が再会を喜ぶあまり流す涙なのです。

——美延、おまえの胸が孕む歌は不思議な力を感じさせる。おまえは私の言葉を、いやこの私を食うがよい。

ありがとうございます。私は祖国に帰ります。あなたを攫って海を越えます。

おまえはけして流れないだろう。私は今初めて眠れるような気がする。〈我のみ知りて過ぐる月日を〉ともはや嘆かずにすむような気がする。

空襲警報は解除されていない。

比翼の鳥が真冬の海を越えてきた。一羽が朴《パク》　成《ソン》鎮《チン》（あるいは元朝鮮人留学生・泰山公介）　一羽が日本人陽子夫人

成鎮は全羅北道の両班《ヤンバン》の嫡男　少年期すでに許嫁《いいなずけ》者《け》があった　父君が農業政策家であったから本人も農業こそ国の基《もとい》であると信じて疑わなかった
農学校を出たあと東京の某私立大学拓殖学科に留学　宮沢賢治に私淑
日本人女性陽子と恋愛　雨の剣ヶ崎を訪れ偕老同穴を誓い合った

やがてB29の火海を泳ぎ切る
解放後身重の妻と二人の息子を抱えて帰国船に乗った二十八歳の厳冬から三十八年が過ぎていった
当年六十六歳　往時の俊秀をその額と目にとどめる

1　讃岐

人口四万弱のこの小さな善通寺市に、市民会館があり、定期的な健康診断、年寄りのクラブ活動がある。塵埃のリサイクルが行われ、どんな裏小路も舗装されていて、清潔です。暮らしがシステム化されています。

琴平の歌舞伎小屋は、さまざまな工夫が凝らされていますね。小豆島の芝居小屋も同様です。農民

や町民が自ら楽しむ共同の場として小屋があったのですね。

蒼穹、四国民家博物館。イトスイセンの群落の上で紅梅、白梅が三分咲き。朴氏は夫人とともに土に腰を下した。

瓢箪に酒を詰めてくればよかったですね。おや、おばさんたちが小石ひとつひとつに着物を着せていますね。ああ、苔を植えているのですか。

屋島城跡。鬼が島を眺めながら、夫人、

昔、昔、百済の王子さまがあの島に亡命してきて、時折、四国本土の娘をさらいに来た、そんな伝説を生きているのが私たちですわ。

店の奥では七十年前の男雛と女雛がほほえんでいた。

2　戦争から戦争へ

四十六年前、私は玄界灘を渡って来ました。農学を学びました。内原《うちはら》訓練所にも行き、加藤完治先生から直接指導も受けました。

卒業後、親に見せたいがために学生服を着こんで一時帰国した帰るさ、関釜連絡船を降りたとたん、警察に訊問されました。「こら、おまえ、学生じゃないだろう」。東京府庁採用予約書を見せたら利き目がありました。あっはっはは。

昭和二十年三月十日、B29の百機編隊が押し寄せて来ました。玲瓏たる日本語のビラは読んでいたものの、まさかと思っていたのです。

府庁は帝国劇場内へ移り、やがて上野に移りました。帝国劇場の地下道はその頃掘ったものです。

宮城前の松林には高射砲が並んで火を噴いていました。敗戦後はうってかわって、宮城、明治神宮前にはＭＰが立っていました。

私の町にも避難民が続々やってきました。顔がまっ黒で、目玉だけが異様に光っていました。炊き出しの握り飯《めし》と煙草を、「ありがとうございます」と丁寧に言ってから、受け取っていました。

焼け野原が広がっていきました。疎開する当てもない三百万の府民は恐怖のどん底でした。しまいには大人までが、

ブンブン荒鷲、ブント飛ブゾ

来ルナラ来テミロ、赤トンボ

東京周辺も艦載機グラマンに襲撃され始めました。子どもらは「カブト虫」と呼んでいました。時々、切れそうな焼夷弾の破片で遊ぶので、冷や冷やでした。

ついに、飛行機に魚雷を積んだ決死隊が千葉県の海岸線から飛び発つようになりました。皇居の移転も秘かに画策されていたようです。

そして、長野県の松代《まつしろ》ですか、強制連行されてきた中国人や朝鮮人に大地下壕を掘らせましたね。完成後に虐殺したと聞いています。あそこはいざという時に大本営本部になるはずでした。

七月、陽子が突如産気づき、近所の産婆さんを叩き起こし、明け方まで腹をさすってもらって無事出

産。が、その産婆さんは、広島に疎開、ピカドンで亡くなったそうです。

八月十五日の朝、新橋駅の近くで、またしても空襲警報を聞きました。あの辺はすっかり焼け野原で、海がきれいでした。そのまま、正午の玉音放送になったのです。

あの十五日、私の町の近くの習志野駐屯地には農耕部隊がいました。全員が半島出身者でした。彼等は、わあーっと喚声を上げ、ドラムカンを放り上げ、万歳《マンセ》ー万歳《マンセ》ーと両手を上げ、豚をつかまえてきて、血祭りに上げて食いました。

えっ、私ですか。あの十五日の解放感は韓国式の絵で描けば、カボチャの花に群がる蜂でした。

帰心矢の如し、泰山公介《やすやまこうすけ》は朴成鎮《パクソンチン》にもどりました。泰山公介―へんてこで喜劇的な名前に聞こえるでしょう。じつは私の祖先が李王朝から賜わった号です。泰山公《テサンゴン》。創氏改名への軽い皮肉でした。ならば住む所も。引き揚げる準備をしていた頃、新宿で朝鮮人による朝鮮人リンチの現場に出っくわしました。日本貴族院議員であった金《キム》……某が、売国奴としてすっ裸にされ、縛り上げられ、殴られ、蹴られていました。日本人がいっぱいいる大通りで。

ところで、日本人妻と餓鬼を連れて帰国した長子を祖国の父母は悲しい目で迎えてくれました。帰国したら、農林省に入り、祖国の再建のために一肌脱ぐつもりでした。ところが、日本人が引き揚げてしまった町や村には、一握りの朝鮮人教師しか残っていませんでした。――その後、三十七年間、私は一介の田舎教師として生涯を捧げたのです。

一番苦しかったのは、なんといっても、一九五〇年六月二十五日に勃発した韓国動乱でした。動乱の最中《もなか》、妻がカトリックに入信しました。動乱後、私も入信しました。それ以来、子どもたちも全員入信しました。魂こそ最後の砦です。死を覚悟できること、これが歴史を生きぬく基本です。

私たちが住んでいる地方は、動乱後「ピョンヤン教区」を名乗っていました。北から南下したアメリカ人神父は、額のまん中に、五寸釘を打たれた穴が残っていました。フランス人神父は、頭上に蠟燭を据えられ、垂れる蠟のため全身がただれてズブズブになっていました。その神父は脳の神経を少し冒されていましたから、長い告解を聞いていると耐えられなくなり、苛立ち、よく怒鳴っていました。

「子ドモヲ軍人ニスルナ」。士官学校に入った息子が自慢だった私に、アメリカ人神父は批判的でした。やがて息子は二回もベトナム戦争に派遣され、かつがつ生還しました。が、今は報われること少なく……。

ああ、阿讃山脈の山々にかすかに雪の一筋が光っていますね。雪といえば、韓国の雪岳山《ソラックサン》は三十八度線の北側です。もう北へは行かれなくなってしまいました。せめて人間の往来だけはしたい。毎年六月二十五日になると、臨津江《イムジンガン》の辺に立って、北に向かって泣く人々がいます。望郷の軍事境界線です。

3　昼食

米人教授夫妻が朴成鎮夫妻を昼食に招いた。曇天。サンドイッチを鱈腹詰めこみながら。

あのうつ向いて咲いているのが朝鮮レンギョウです、春が近いですね。

――夕、夢の中で小旅行をしました。森の奥に国境がありました。それ以上進めないのです、私は兎で、向こうの兎も手を振っています。でもお互いに発言は禁じられているのです。やさしい顔でした。だんだん雪が降ってきて何もかも見えなくなり、――それでおしまい。

教授がリンカーン大統領のような顎ひげをなでながら。

私は昨年短い期間韓国へ行きました。日本以外の初めてのアジアでした。日本よりもさらに個が見えにくいと思いました。個と共同体の関わりが、日韓で微妙な差がありそうです。今韓国語を勉強しています。ウリ（我々）という単語が好きな韓民族の内面に少しずつ接近したいです。

国籍不明の渡り鳥がポプラの梢に群れている。コーヒーを喫みながら、朴先生。

日本人は礼拝する心を持っていますね、太陽であれ、仏であれ、知られざる神であれ。それが日本人の清浄なる心を養っているのですね。ただし宗教の国営化は危険です。政治と宗教が結託する時、民衆の不幸はとどまりがなくなるからです。

日本のテレビで良いものは、子ども向け番組です。お遊戯、言葉の訓練、昔話の絵作りなど――じつにていねいで心配りがよいです。恐ろしいのは、今回の女医殺害事件の報道です。テレビによる徹底的追跡は、近代化された人民裁判ではありませんんか。

こちらの中学校との図画・書道の交換は楽しかったです。我が国の子どもらは、目を皿にして見ていましたよ。「日本人は漢字が上手い」って。――でも訪韓団の希望者が一人もいなかったと聞いて、ひどく傷つけられました。子どもらに何と説明したらよいのか、あの時は、言葉が見つかりませんでした。

4　別れ

トンネルを抜けて訪れた祖谷《イヤ》は、雪景色でした。平家伝説の秘境、人間は極限でも生きぬく存在です。蕎麦《そば》定食が淡白でおいしかったですよ。粗食を耐え美味しく食べる智慧に打たれました。

倉敷の一角、あれはみごとな保存方法ですね。大原孫三郎の文化への意欲が立派に表現されていました。孤児院の創設者・石井十次への援助、あれもいい。実業がたしかに実業として地域に根を下していました。

それでは最後ですから、今浦島が、韓国語でお別れの挨拶をしましょう。

日本ノ暦デハ、八月十五日ハ国民祝祭日デハアリマセンネ。我ガ国デハ「光復節」スナワチ民族解放記念日デス。日本人ハコノ日ヲ「戦争ノ意味ヲ考エル日」ニスベキデス。モットキックに言エバ、「不戦ヲ誓ウ日」ニスベキデス。韓国式ニ言エバ、「民族再起ノ日」ハドウデショウカ。三十八年間、日本ハ歴史ノ事実カラ逃亡シツヅケテキマシタ。歴史ハ流サレルモノデハナク、貯蓄サレルベキモノナノデス。日本ハイッタイ何処マデ逃ゲノビルツモリナノデショウカ、空襲警報ノ解除モ忘レタママ。

（一九八三年二月十一日）

瀬戸内海通信

穏やかな海、眠りたくなるような明るい光、周囲は豊かな漁場ですが、じつは海は柵なのです。この島は檻なのです。ここに流れ着いたのは、八百年前の壇之浦で倒れた平家の公達の死体、幕末までの難破船の船板。そして半世紀前からは、患者たちが流し込まれたのです。

私は、慶州《キョンジュ》の生まれ。ショウワ十五年の冬に、弟とともにつかまったのです。朝鮮海峡を越えさせられ、何日も何日も暗い汽車に乗せられ、もう一つの津軽海峡を越えさせられ、送りこまれたのが、炭坑でした。二十歳だったんです。弟は事故で死にました。

オモニー　ペガ　コッパヨ
（お母さん　お腹がすいたよ）
コヒャンヌル　ポゴ　シッポヨ
（故郷に帰りたいよ）

解放直前、発病したようです。疲労と栄養失調のせいです。そのまま、戦後のどさくさの大阪で。でも結局説得されて、ここに送りこまれたのです。日本人から厭がられましたよ。

今更、どうにもならない。日本人だって故郷に帰ろうとはしない。国鉄の遺失物ベスト・テンに、白木の箱の骨があるでしょう。あの半分は患者なんです。遺族がわざと網棚に置いていくんですよ。

在日外国人ハンセン氏病患者のほとんどは朝鮮人ですよ。私らは、ショウワ四十年の日韓基本条約の締結の時に、はっきりと捨てられたのです。

今は目も不自由です。でも、――でも、一度だけ、一度だけ祖国に帰りたい。親戚に迷惑をかけたくないから、鳥になって海を渡りたい。それもできないから、私は飛行機で帰りたい、連行されたあの海峡を、空から遡っていきたい。失明してしまう前に、空からはっきりと故郷を見つめたい。そしてまっすぐにここに帰ってきます。

ああ、それが終ったら、神を信じます。私たちの本当の故郷は天に在るという み言《ことば》を受け入れます。

参考　喜田清「名ぐはし島の詩」(『ユーテサークルニュース』高松市)

板門店《パンムンジョン》行
――休戦協定締結三十年目――

Ⅰ　自由の橋

一九八三年九月八日、木曜日、晴天。

バスは北へまっしぐら。

汶山《ムンサン》。線路が途切れている。
望郷の列車よ、向日葵《ヒマワリ》を薙ぎ倒して突っ走れ！
臨津江《イムジンガン》。毎年六月二十五日、たくさんの韓国人が
ここに来て泣く、のだ。

板敷の橋。一九五三年、休戦後、一万三千名の捕
虜が帰ってきた。
それ以来「自由の橋」と呼ぶ。

検問。
東側に、爆破されたままの石の橋脚。

Ⅱ　休戦ライン

河を越えた。時折、米軍と韓国兵士が銃を構えて
立哨している。

「ウヤエー」とおらんだ。
アレハ、皆サンヲ歓迎シテイルノデス。
戦車防御壁《タンクウォール》。鉄条網、照明灯。
ここから地雷原だ。

おみなえし。ふじばかま。
透明な空気。
一瞬、鹿が走りすぎた。

漢江から東海岸まで二四一キロメートル。休戦ラ
インから南北二キロずつ。六千四百万坪の原初に
帰った丘陵地は、動植物の楽園である。
とろけるような稲の匂い。最北の「統一村」だ。
丘には淡黄色の月見草がうなだれ、アカシアの葉
が揺れている。

——とはいえ、左前方の五五三高地にはトーチカがあり、北の奥一八キロまで把握している。右の五五四高地には、スイス、スウェーデンの国連監視団が常駐している。

Ⅲ　キャンプ、キティ・ホーク

国連側の最前線基地。

Merry　Mad　Monastery

（トサカに来た男たちの修道院さ！）

大韓航空機撃墜犠牲者の追悼式をテレビが中継している。

米軍将校と缶バドワイザーを喉に放りこんで、ほとんどいっしょに、「哀号！」と呻いた。

北が掘ったというトンネルの入口が再現されている。

近くのトーチカに潜りこんでいた日本の女子大生が、

「アガシー《おじょうさん》、プリーズ　カムオン」とやさしく叱られた。

Ⅳ　共同警備区域

ジープに先導されて、最終目的地に辿り着いた。

ソウルから六〇キロ。

「板門閣」から、五十歳に近い北の軍人がこちらを見ている。

アノ軍人サンハ、キット赤イ思想ガ堅固ナノデス。

生まれて初めての、北の人間だ。が、笑うのも手を振るのも口をきくのも御法度だ。

行ってみたい、国。

そこは、今、目の前から始まっている。

北の軍人の顔が、双眼鏡いっぱいに写る。

軍事停戦委員会本会場を見学する。テーブルの中央を通過する軍事境界線。南の端に国連旗、北の端に共和国の国旗。

桔梗の花が乱れはじめる。

ジープが白旗を掲げ、ゆっくりとバスを誘導しはじめる。

（ライオン・バスとそっくりじゃないか！）

ジープには、米軍と韓国軍の若い将校。

（おや、五年前に教えた学生、梁《ヤン》君に似ている）

ジープの後席に、揚羽蝶が止まっている。

展望台。協定が調印された板門店は、北の稲田の中にあった。ぼくらが記念写真を撮っていたら、風に乗って、北からの宣伝放送がひときわ大きくなった。民謡調の革命歌である。

北の宣伝村（正式の名前は知らない）は、高層アパート団地で、きれいすぎたし、静かすぎる。共和国の国旗だけが動いているただ一つのものだ。

あの山のすぐ向こうが開城《ケソン》だ。

農民の姿がまったく見えない。

夜になると、軍人が来て灯りをつけ、朝になると、消していくのだという。

例の断ち切られたポプラを見る。太い。その向こうの「帰らざる橋」のなんと小さいことか（あの戦争で連れ去られた南の人は、一人として帰って来ない）。


この時、若い北の兵士と出っくわした。お互いにまじまじと見つめ合った。ソ連式軍服はちょっとだぶついていたが……。

少し眉が下がっていて、目が細い。

口は小さく、まっ白な歯がぽっと見えた。

（ああ、もう一人の李君だ！）

ぼくは、ほとんど笑いそうになって、あわてて下唇を嚙みしめた。

李君もあわや、というところだった。

このあたりは、
北も南も、まともなニンゲンの姿がない。
むなしい、とてつもなく。

Ⅴ　ソウル

ふたたび、猥雑な街にもどった。人間の臭いが、体中に粘り着いてきた。屋台に入って、焼酎をあおった。

Ⅵ　帰国後

東西につづく戦車防御壁《タンクウォール》を指して
何ノタメニ作ッタカ、理解ニ苦シミマス。コチラハ南進ノ意図ハナイシ、万ガ一戦争ニナッタトシテモ役ニ立タナイ。目的ハタダ一ツ、南北ノ分断既成事実化ト固定化ノタメデス。
一日モ早ク、南ト北ノ人民ガ（金日成）主席ノ
懐ノ中デ生活スルコトヲ望ンデイル。

（今田好彦特派員「北から見た板門店」（『毎日新聞』
九月二十五日号より）

板門店《パンムンジョン》――それは、ずたずたにされたフィルム。

半島

喘ぐ行軍の海辺、背のうを担いでくれた
旧式の重い銃を持ってくれた
陸軍病院が捧銃をして立ち上った時
とまどいの夕焼けがどうっと崩れた
暗い河をベッドが漂いはじめて
叩き割られた西瓜が喘いでいた

退院できたら
田舎に帰りたい

声を呑んで窓硝子に亀裂が走り
死を孕んだヘリが急降下してくる

別れる時
少尉が毛布をはねた

生い茂っているはずの戦地は
一九五〇年夏の半島であった

嫁さん来ないな
新しい兵士たちの河が編まれ始める

ソウル洪水の救急物資到着

Ⅰ

A　おい、見てくれ。
北のトラックだ、友情の使者だ。
大地よ震えろ、山をも動かすセメント、布地
の山だ。
軍服ではない、赤十字の腕章だ。

B　真っ青な空、コスモスが揺れてるね。

A　見ろ、船だ、北の船だ。
北坪《ブピョン》と仁川港《インチョンハン》に、米の海だ。
同胞として当然のことをしたまでだ。
ああ、代表団が握手している。

B　強張った頬が崩れていくね。
躑躅《チンダルレ》と木槿《ムグンファ》の微笑だね。

Ⅱ

A　同一民族が憎しみあっていてどうなる。

B　ソウルへの招待を受けるべきだったね。
新たな出会いと和解の始まりのために。

A　ソウル政権は、朝鮮戦争で人民軍に協力した

国民のリストを抹消すると発表した。
これからだ。

B 君の国の内乱に乗じて、復興したぼくの国の
経済。
でも、ぼくらは今、
アジアの動きに目を凝らしている。

A ありがとう。
次は、南北の離散家族を探し出すことだ。

B ぼくらの仕事は、君たち在日との共生だね。

A 民族は生きていた。
民族は、われらの翼、われらの城だ。
民族は、二つの国旗を越えるだろう。

B 三千里を縫って、水が流れ出すよ、きっと。
さあ、アリランを唄おう。

（一九八四年十月六日）

詩画集『美と信仰と平和』（二〇一三年）抄

韓国・河回村《ハフェ》

洛東江が音もなく流れていて
赤松の岸辺に風が休んでいた
子牛はきょとんと外を眺めている
儒学者の家からかすかな音読が流れてくる
わたしは妻となる人の指をそっと捕らえて
言葉をかろうじて封じ込んだ
中年末期の冬にかすかな春が息吹いている

下関・朝鮮市場大通り

亜熱帯樹の首が発汗している
「バカ盛り屋」健在
アンニョン
イゴ　オルマヨ

出の悪い噴水
伸び放題の夾竹桃に刺され
若い男が仰向けに倒れた
太陽が顔を胸を舐めまわすと
男は発熱して
賛美歌を呻きはじめた
　同胞《はらから》をどこに失ってきたのだろう
しきりに考えるが
亜熱帯樹のようなものが
揺らめき
みだらな風が吹くばかり

不意に

故郷の濃い匂いが流れだした
仰向けのまま男は海の方に漂いはじめる
あ　俺は船乗りだった
今は死んでしまっているのかもしれない
波になぶられ
男は融けはじめ海月のようなものになって
墓場をぼうっと感じる

背後の市場では
夾竹桃の鮮血がごぼごぼあふれ
石垣の上の木造二階屋が傾き
その上の十字架が腐っていくような気がするが

目の前
海月が融けたような土盛り墓が流れているばかり
対馬はとっくに過ぎて辿りつく湊はない

俺という意識だけが残っていて
伝書鳩の体内に入って亀甲船の甲羅に止まり

男たちの殺し合いをぼうっと見詰めていて
突然思い出したのだ　死者は物語ると

祈り

海にも
空にも
あなたたちにも
散乱しているのは　ぼくか
ぼくは
隠れんぼしているか
それとも
ぼくは断片か

いない　ぼく
ぼくは　いない
でも
とうとつに
知られてるぼく
ぼく
あっさり
受け入れてる

カリフォルニア断片

　サンフランシスコ空港
他国を訪問するのに空から降り立つなんて失礼だ

　スタインベックの生家
当時のアメリカ人は、小さかったのです。

　ワトソンビル高校の中庭
ベトナム戦争で死んだ卒業生たちが行進している

　八月六日のワトソンビル
折紙の鶴が教会の窓から翔び立っていく

　インディアンがサンダルを作った木
かれらはいない、少くともここには。

　盆栽
刈り込まれた灌木がひとすじの平和を描く

　アーティチョーク農園
海までつづくトゲと罪

　イチゴ農園

スペイン語しか聞こえない
　メキシコ人労働者の群れ
ギプスをはめた右腕が転がっていく
　差別への戦い
あのメキシコ人が、この町のM・L・キングです。
　彫刻家の庭
青い柿の実のへたは、ろうそく立ての飾りです。

日本孤児

一九九〇年　早春の東京
ようやっと帰ってきました

でも
私の手をひいていたひとの顔がもう見えない
温もりがもう体のどこにも残っていない

せめて幼かった日の愛称を
いいえ本名を

推定年齢ではなく
ほんとうの年を

生年月日を返してください

私たちは不在です

私たちを見棄ててかえりみない母国

抱いてください　いない私たちを

女

病んだまま
墓石のそばで
しゃがみこんでいる

歯朶の家紋にたぶらかされて
産みおとした子供らに
つぎつぎ捨てられて
しゃがみこんでいる

もうしわけばかりの手と足と
皺くちゃな腹
顔はとうに剝ぎ取られてる

よく見ると
しゃがみこんだまま
おいどの窪みで

自分のためにではなく
火のように
祈っている

モノレール

開通した朝　ぐんぐん延びていく線路

ビルよりも高く
龍は宇宙に突入しそうだった

が
気がつくと
始発駅を出て　終着駅へ
終着駅を出て　また始発駅へ

切符と定期を握った人を詰め込み
来る日も来る日も　ゆるゆると走っている

いつも
置いてけぼりのビルと川
富士山だけが接近しては遠退き　遊んでる

起伏がない生活
逸れていきたい

ほんものの飛龍になって
大空を翔け回り
乾いた大地に雨を降らしたい

飛び上がれない　箱の中で
切符と定期が　思いっきり　行く先を変え
青空を翔けている

モノレール　初めて登場した日
そう言えば
張り切り過ぎていた

ばあちゃんっ子

ようちえんから
かえったら

いつもうどんをつくっている
ばあちゃんがいない
あぁぁぁ
きかいのろーらーから
ちだらけのうどんが
ぶらさがってる
ばあちゃあーん
ばあちゃあああーん
いしかわびょういんにとびこんでいった
ばあちゃんの人差し指が
なくなっていた

いたかねえ
いたかねえよ
ばあちゃんはぼくのてをひいて
うちにもどった

最近
どうかすると
眼の前を
まっ赤なうどんが
流れ出すことがある
そして
流れの底から
祖母の
つよい指が立ちあがる
だから
私の人差し指は
親指にすけっとを頼んで
詩を
作る

鹿手袋の小町

　充分に捏ねたうどん粉を風呂敷に包んで、祖母と五歳の孫の僕が踏んでいる。機械にかけて太めに切る。手間賃で口を糊している。

　祖母が夕餉の支度にかかる。僕はちゃぶ台の下で、『キンダー・ブック』をそっと開く、母熊と子熊の絵。かあちゃんはタブー。

　ご飯がすむ。長屋で風呂があるのは家だけだから、建具屋、塗装屋、小間物屋さんたちが、もらい湯にくる。風呂場は志木街道に面してるから、アメリカさんの軍用トラックが地響き立てて通ると、湯水がこぼれる。祖母は膝下まで長い髪を垂らし、「どうじゃ、奇麗だろう。烏の濡れ羽根のようじゃろ」。僕をぐるぐる捲いて、洗う。

　祖父は今日もいない。毎晩、僕を股座に挟んで、祖母はゆっくり唄った。「花の色は移りにけりないたづらに我が身世に経る眺めせしまに。どうじゃ分かるか。これはな、女の色香は褪せやすいという意味じゃ」。後年、祖母が法的には後妻と知ったが、事実は十三人目だったという。鹿手袋《しってぶくろ》の小町と言われた祖母は、まだ五十代初期のなめらかな肌で、ときどき僕を強く抱き締めた。僕の蕾がかすかに喘いだ。

　祖母の晩年は、しゃれこうべの眼窩から吹きこぼれる雪の花であった。脳性麻痺の僕の兄を死ぬまで看たあと、春分、糞尿の後光に包まれて西方浄土へと漂っていった。

十字架に袈裟懸けされた太い桜

樹液を汲みあげ押しあげ
黒い幹も枝も梢も
内部は赤く炎えていた
蕾を膨らませ
大樹は世界を抱きしめようとしている

東北の山峡の復活節
祭壇の十字架に
袈裟懸けされた太い桜
周到に用意されたいのちが
今を
猛々しく
血を放っている

のしかかる花の福音
わたしらに向けて放たれた桜
今を
吹雪いて噴き上げていく桜は
磔刑された神だ

そして
緑したたる下
内部から卵の殻を食い破る音が聞こえてくる
圧倒的な死に支えられて
世界のいのちが絶えることなく誕生する

変貌の季節を

―河崎洋子先生に捧ぐ―

実在《コトバ》と出会って
新しくなっていたのだ
だから
あなたはまっしぐらに走り出てきた
解き放たれた木
根を張り
求めあい
互いを形成し
森の創造へ
変貌の季節を歩む
あなたの行動には志が匂う
あなたの謙遜は忍耐する希望

あなたのやさしさは炎える怒り
そしてあなたに誘発され
たくさんの若い魂が旅立って
いく
あなたの志とともに
あらたに
世界を降りていく

浦上天主堂

皮膚が焼かれるような猛暑
天主堂の坂を下って川岸を歩く
鶴が一羽
じいっと川底を見ている
いる　いる　魚が　いる
通りすがりの者など問題にしていない

そうだろうなあ

爆心地　ゆっくりパレードが行進して　いる
頬がケロイドになった聖母が
担がれたまま　沈黙して　いる
信徒たちも　沈黙して　いる

フクシマの原発から漏れた放射能が
風と気流に乗って
列島を汚染して　いる
いる　いる　長崎の水底は澄んで　いる

六十六年前の今日
爆心地の川向かいの雑貨屋のMさん一家は
どこへ行ってしまったのだろう
いる　いる　魚が
いない　いない　浦上の　あの方々が

風神とパイプオルガン

怖い顔　ではない
剽軽で愛嬌のあるこの顔　は
呼び出され招かれて
親密になった神なのだ
背なの風袋にはいったいどんな風が
いっぱい詰まっているのだろう
風神は今　風に乗って走る

風袋が開き
風箱から送り込まれる風

多響するあの音は　声

風は息吹　嘆息　愛のささやき
あらゆる声　言葉

風神は空への階段を上り下りするうちに
姿を消した
天空に満ちていくあらゆる賛歌

あれは内臓と同じ有機体だ

今日私たちは共鳴しながら地と天を繋ぐ

神の誕生を見ている

トロイ遺跡

暮れなずむエーゲ海に突き出た丘では
白い雛菊が　揺れ　かすかに　揺れ
むき出した崖の内部
九層に埋もれている古代都市の址
下から三番目が
攻防十年に及んだトロイ遺跡だという

闇の波濤がギリシアから押し寄せてくる
ここはトルコだ

草叢から　バキッ　バキッ　ドド　ビシッ
津波の強い不気味な音が響いてくる

真っ黒な猫のシルエットが浮かび上がる
咬んでいる
砕かれているのは鼠だ

ひもじくて甦った野性

鼠は必死で抵抗しただろう

これは
巨大な木馬から滑り降りてきた
やせ細った黒い猫だ

わたしの胸の奥の方で　バキッ　骨が折れる

骨まで砕かれたトロイの兵士や市民たち
みんな波濤に消えていった

その夜
妻と二人で
エーゲの魚をほおばった

十月の小樽

坂の上　教会の雪止め横木が　しがみついている

坂の中腹　どっしりした石造りの通りは
もう北のウォール街ではない

ホテルや博物館に鞍替えしてしまった
蟹の群れがよろめきながら入っていく
窓から鷗が落下しつづける

中天から喚声が襲いかかる　遠い遠いストライキ
マルセーユの労働者たちが　旗を振っている

運河を足早に渡っていくまっ青な顔　小林多喜
　二だ

怒りを炊いておおきくなったチミップは
日本語にもぐりこんで
失われたチミップを織りつづける
少数派にされていった縦糸
沈黙を拒否する横糸

自殺未遂の詩人は
折れ曲がった体を引きずりながら
モダニズムとシュールの谷間で
港街の陰画を描きつづける

けれども　まっしぐらに夢を運ぶ鷗に
接吻した若者らはもういない

街の背後で　少数派のことばが首を絞められてい
　る

今頃になって　あなたの窓に
夢を運んだ鷗が辿りついたらどうしますか

金《キム》　南祚《ナムチョ》

滂沱の雨が林を埋めて
冷えていく
道の暗がりが広がっていく
韓国から訪れた金《キム》　南祚《ナムチョ》は
大樹の下で涼しげな目を開いた
「霊を感じます」
と言いながら
濡れていた

その奥に小さな池があり
青紫の水蓮が
しんしん魂を開いていた
「霊の花」
と詩人がつぶやき

戦争末期
博多の女学校の寄宿舎で眺めていた雨
について
語りはじめた

ことばの雨垂れは
雨落ちに集中して
わたしはだんだん危険水位に近づいていく
「雨は孤独を開いてくれます」

いつしか夕暮れて
わたしたちは水の煙になっていった
今年も雨の季節になった
詩人は淡い水菊《アジサイ》の中心から
わたしを招く

わたしはどうやら月の舟《カタツムリ》らしい

牧師

母はときおり父の目の中の犬を恐れ、幼い私を引きずり、雛人形の町へ逃れた。石垣の上の屋敷にはケヤキの大木がある。母が抱きしめると、風が起こった。が、春蘭の老夫婦は、いつも一株で咲いていた。

ある日、爺ちゃんが桔梗の花を肴にして、盆踊りらしいものを唄っていた。母は仏壇に手を合わせていた。

母は何度もこう言った。「高校を卒業したら、家を離れなさい。好きなひとと平凡に暮らしなさい。できたら教師になりなさい」

父は、「政治家になれ」と。

母とM大生との秘め事について、遠まわしに私に語ったのは十歳も年上の姉であったか、たった一人の叔母であったか。

私が早い結婚をして、海辺の地方へ赴任したのを見届けた年の夏。母はケヤキの葉から飛び散る精気になって、北の空をさまよい、ついに盆踊りの群れに紛れて消え去った。

そして私は、いまも漂流しつづけている。

どんどん大きくなり、家を出ていく三人の子供らを、呆然と見ている。

このごろ、やかんで酒を煮ては飲んでいた父の足を揉んでやろうとして、けして揉まない夢にしばしば襲われる。

私は、無免許運転の牧師になるかもしれない

乳母車

アシズリ岬の突端で
乳母車とすれ違ったことがある
開かない椿が
車の中に植えられていた
蛍が飛びかう宵だった

その冬
ふたたび出っくわした
なんと乳母車は断崖から身を躍らせようとしてい
た
否！
殺されかけていた
もはや空と海の中へ粒子となって散乱するしかな
い

昨年十二月八日夕刻
私の町の札所で
ついに乳母車は壊れた
はずれた車輪は
大師池の中に沈んでいった
そして
池の中から
みるみるアシズリ椿が咲いた

が
同行二人は終らない
空と海にま向かいながら
八十八ヶ所のその向こう側まで
歩きつづけていくに違いない

第八十八番　大窪寺《オオクボジ》

遍路にとっての　結願《ケチガン》のターミナル

実在から遠く拒まれ　流刑の日々にあって
ぼくにとっての　ターミナルはまだ見えない

さらにもう一人いる

　ボク、宗教ヲ否定シテルヨ。
　宗教ハ民衆ノ阿片、涙ノ谷間ナンヤ。

差し当たって私のほうも願うべきものはない

夥しい杖がひしめいている

一本一本に時間がつまっている
義肢やギプスもある
全快の印である

弘法大師トイウノハ、伝説上ノ人物カ？

むりもない
小学校も出られなかったチェッシクにとって
——日本人・空海は遠い

　流刑者タチハドンナ所ニ住ンデ
　ドンナ食イ物ヲ取ッタダロウカ？

あんたのスクリーンに炎えているのは
祖国を奪われて
この国に流刑されてきた
父母たちの苦しみだ

ぼくらのターミナルを……

結願する仏とはどうやらぼくらのことらしい

蛇

森をねんねん蛇が這っていく
木は息苦しくなる
蟬はびっくりして落っこちる

蛇は
赤い舌をねんねんしながら
墓にもぐりこみ
白骨をなめなめまぐわった
けれどもくらい森のなか
蛇は毒を失ってねんねんとけていく
あれは行方不明になった神の骨だ

風と旅券

風が吹くと
砂漠と赤茶けた山々は
水の顔を思い出す

風が吹くと
ふせっていた海も
耳をそばだて
太陽と月の顔を
思い出す

風に抱かれて
旅券は立ち上がった
海峡を半島を砂漠を山を越え
国から国をへめぐった

なんという混沌と残酷と寂寥
分け合うこころが死んでいる
それでも
奥底に眠っている優しさと慎み深さを求めて
コトバはすべて祈りになって

旅券は
水と光に握手して
汚辱の今を耐えていた
すると
風はいつのまにか暖かい息吹きになって
地球は変貌の予感に包まれ始めた

ていしんたい

四十六年もたって　いまさら。
いいえ　四十六年　間も。
もう今しか。
くるおしく　くやしい肉を、
孫はしらない。
軍刀はさびたか、
孫軍刀はしるまい。
——かたちだけの補償をさげすんで。

恥辱にまみれたまま
においたて
わたしらの魂。

私は誰でしょう

私とは　屹立する名誉
民族のものではない
私はどこまでも私
国家のものではない
私の名前は　指紋ペテロです

押捺拒否

わたしたちは　渦巻く独創性
友情に高められた祈り
神の指が外登証を焼き払ったので
誰も逮捕できない

対馬島・一九九三年夏

崖っぷちの草を黄牛《ファンソ》が喰んでいる
渦潮が北へ、たちまち南へ
と郷愁にもみくちゃにされ
国境も見えないまま、くっきりと二分され

朝鮮通信使の玉彩が咲いている

黄牛から降りた新井徹が伽椰琴を弾き始めた
弾き終ったあとも
弦は渦潮のまん中で震えている

島の東を北進する関釜連絡船の甲板
ニッポンの若者の塩辛い胸毛を
国籍喪失の朝鮮烏《カチ》が突っついている
悲鳴が風になってうなる
悲鳴はついに国籍を落としてしまった
空いっぱいに無窮花《ムクゲ》が散っていく

国境警備隊の銃眼は
台所の妻の眼のようにやさしくてとまどうが
切り刻まれた歴史を照準が絞っていく
浮かびあがった豆腐鍋《チゲ》
が辛そうに
渦潮の中心で煮立っている
渦潮は北へ、たちまち南へ
国境は見えないまま、くっきりと二分されている

鯨

ここが拠点地だった
海が吠えると
十六羅漢の岩沖に
クジラが躍り上った

ところが
ときどき母クジラが捕まって
薔薇のような

胎児が取り出された
三十頭に一頭の割りだ
男たちはきまって
捕鯨がいやになったが
生きぬくためにだ　再び銛を握った

赤子は
ていねいに葬られ
寺が建った
ほら　あそこだ

星夜
胎児たち
羊水海で
成長する

雑司ヶ谷駅前裏小路

梅雨とはいうもののうっとうしい毎日だ
ひさしぶりに都電に乗って
窓の外の紫陽花をぼんやり見ていたら
Kが死んだ雑司ヶ谷の二階建木造長屋の前だ
今にも崩れ落ちそうな二階の縁台の上で
破れた座布団に身を投げ出して　三毛猫が目を閉
　じている
あっという間にどんどん内部が透けていく
透明で埋めようのないその孤独がおれの中に広が
　ってきて　雨に濡れていく
電車は駅を走りぬけているのだが
猫はおれの内部に潜り込んで
ずっと何か呟いている

Kの墓参に行かなかった三十年間が
おれの中でどんどん重くなっていく
雑司ヶ谷駅前の裏小路は
贖罪できないおれの傷の現場だ

墓参

風がぐるぐる回り続ける
帰ろうとはしない

白い風が沁みとおる

耐える　とささやいているのは私だろうか
死者たちだろうか

風は瞬時訪れたおまえたちの影だろうか

おまえたちは
それぞれ
ずっと苦しんできた
　私はどこから来て
　どこへ行くのだろう　と

帰ろうとはしない風
何時までも吹こうとする風

一族全員の再会を
その日を待つ　と宣言して二十年

待っているおまえたち

信じることは耐えること

凪よ
明るく爽やかに吹くがよい
信仰とはそういうものだ

見えたような夜

地平へ
墜とされようとする太陽が
力を振り絞り
残された雲らを染め上げ
あらん限りの力で
躍る
時

妻とわたしの胸が
ずきんずきん刺され
虹のような
彩雲へ
両手を差し出した
ついに墜とされた
太陽
果てしない
沈黙の
あと

闇の向こうから
匂ってきた
星座の園の
花

初めて
神さまの身体が

見えた
ような
夜

眼前に

おれの眼は
活字の小さなギリシア語とヘブル語の勉強で
疲れきって傷んでいる
今
お茶の水のハリストス正教会の
大聖堂を見上げている
玉葱ドームのてっぺんにある十字架まで
狭い細い梯子が掛かっている
誰が昇っていくのだろう

ひょっとしたら　星の夜に
長い修道服を着たまま　無垢の少年僧が
神さまとお話しをするために
昇っていくのかもしれない
おれは　網膜剝離になる前に
神さまの声をしっかり見届けたい

社会人入学

初めに〈言〉があった
たくさんの釈義を聴いて
なお不可解な　このヨハネ伝の第一章
二千年　語り継がれ
二千年　聴き継がれてきた
この伝統の底から

光の父が見えてくるというのだろうか
神学校とは何か
一時的な出家の集団
修道院である

入って必ず出て行く場所
そして〈言〉に聴き
服従する日々を生きるのだろう

神学校とは何か
私を　省み
さらに　省みて
さらに　混迷していくわたしの迷宮である

神学校とは何か
〈言〉への
違和と反逆と逃走へと誘惑する花園

ユダヤ教の
イスラムの
そしてキリスト教の神学校で
祈りは絶えない
みな〈言〉と格闘している

メッセージ

冬至の昼時
裸にされた欅の大木
団地よりも背が高い
立ったまま　封鎖されたメッセージ　だ
冷凍された不発弾
樹液は音立てて上昇している
が

見えない
聞こえない
見る目を
聞く耳を落としてしまったのは
何時
何処
だった
だろう
樹液の音は　バス
言葉に翻訳する力を奪い返すには
自分の声帯を回復すること
網膜剝離の水晶体を回復すること
空と土と水を貫いて流れるメッセージを
受信して
伝えるのがわたしの仕事なら
主よ　あなたが側にいらしてください

赤とんぼ

朝のプラットホーム
団地最上階のAは　東行き
団地真ん中の私は　西行き
お互い名前を知らない　目で挨拶するだけ
Aの目は　やさしい
頰が膨らんで　満面の笑み
一日中
あんな顔をしていたい
周りがほっとする
そんな暮らしがいい

そういえば　今日
蟻も蝶も鳥も貝も空を泳いでいる鯨も

みんないい顔をしている

が　愛と平和を切望する人の
正論が立ちあがる時
必ず反論が立ちあがる
言葉の空転
否定を否定する執着
ちっとも愛と平和に近づけない

　夕焼け小焼けの赤とんぼ
　止まっているよ　竿の先　（三木露風）

あれは血だらけのキリスト
贖罪の十字架刑

戦争がない時　息子が父に逆らう
戦争が始まる時　父が息子を失う

愛と平和を抱き寄せる実力を
どうしたら　手にできる

イースター

そう言えば　昨日は　四月八日　日曜日
今年も　教会で
イースターっていうのがあって
孫が何やら　絵が描かれた煮抜き卵を
持って帰ってきた
あれ
どんな卵祭りなのかなあ

そう言えば
教会帰りのタミ子さんが

大きくて真っ白な百合を抱えていた
聞いたら
教会に飾ってあったんだって
沖永良部島の特産
日本原産山百合の西洋改良種　なんだって
カサブランカって名前　どこかで聞いたなあ
だけど　卵祭りとどんな関係かなあ

そう言えば
昨日は四月八日　御釈迦様の誕生日だったよ
たしか花祭りだったよなあ
卵祭りと花祭りかあ　良く分かんない
だけど　牧師さんにもお坊さんにも
聞きに行くほどのこともあるまい

そう言えば
ガキのころ山百合は良い匂いだったなあ

オニヤンマ　追っかけていて
山百合の崖に迷い込んだものだ

孫たち　今がかわいい盛りだ

卵　山百合　オニヤンマ

あと　この村は　墓場の夕日がいいなあ

入り組んだ湾の奥

こんなに入り組んだ
曲がりくねった道路の突端に
現われた　突然の風景
上五島の漁港
ここには水田の匂いがない

港の坂道の上に　カトリックの墓地
一見　寺の墓地と変わらないが
よく見ると十字架が　密集している
それらを庇うように　翼で抱きしめるように
聖堂が建っている
天井は船板のアーチ作り
椿の花がいっぱい描かれている

あかつき闇の入江から突き進んで来る漁船の
船首に立って
両手を広げ
風を二つに切って
ひたっと前方を見つめている
前髪は後方に流れる
　あの男をたしか
　バイカル湖で
　アムール川で
　釜山で
　見た

そして今日
五島列島の彼岸の海で　またしても出会った
ガリラヤ湖の岸辺
「お前を　人を漁る漁師に　しよう」と
命じた海の神が
荒れる東シナ海を抱きしめながら
歩いている

その朝

ゆで卵がふくれあがってきて
たちまち腐りはじめると
殺したはずの夢がすこしずつ輪郭を露わにしはじ
　めた
くらい肉の内部でおびえだすものがある
むかつくような肉汁がしみでてくる
そして
葬ろうとして葬りきれなかったくらい輝きが
見えない翼に呼び集められていく
それは目の裏にしがみついている蛭のようなもの
崩れそうでいて
崩れおちることなくしぶとく
華麗に腐っていく気配だけがある
わたしの中の軍産複合体である
けれども
わたしがつくりだしたのではない
与えられたのだ　と言ったら許されないだろうか
それが駆逐されないことを望んでいるわたしはく
　らい

殺したはずの夢がこんなに痛くなるほど親しい
ほとんど目眩いを呼びこんでのぼりつめる

振り切るように雨戸をあける
どっと流れこんできた緑の洪水

おもわずわたしは
向こう側にわたしを渡したくなったのです
わたしを通過してうなだれてしまったのです

（「樹林」一九九二年五月十二日）

指

炎え上がる大震災の木造の一軒は紛れもなくわたしのこの家であった。突然の死を強いられた私は、とうとう手術台の上に辿りつき、白布に覆われている。私は生まれた時の裸形にもどっている。生気のない死体であるが、れっきとしたわたしの意志、そう献体でもある。

今、死体の前に医学生が立っている。初めての肉眼解剖に入る。汗が噴き出ている。切り裂かれていくわたしの身体を私が確認できないのが残念だが、見たくはない。

生前人間ドックがいやであった。もともと身体から遠ざかりたい人間だった。小学校の理科室にあった人体模型もいやだった。頭の内部の神経や筋肉や血液などが丸見えの模型は、たとえ事実であっても認めたくなかった。死体を見ているような不気味さがあったからだ。

十年前兄が鉢を開く手術を受けた日、数時間に亙って、私は否応なく脳の内部を想像しなければならなかった。

今、死体の側にいる私は医学生に語りかけたい。彼にとって私は何者なのだろう。虫の死骸とわたしの死体は同じ物体なのだろうか。ならばなぜ遺体というのだろう。腑分けされていく私には、じつは少しではあるが、羞恥が残っている。

人体解剖は医学生と医者にだけ許されている。一般人が執行したら死体損壊罪に問われる。臓器移植も死の判定次第では殺人罪に問われる。事実、二年前東海大学病院の若い医師が訴えられている。解剖も臓器移植も影の世界の中にある。

解剖に関わった医学生から聞いたことがある。「人体の精巧さ複雑さはすばらしいの一語に尽きます。奥深く神秘なミクロコスモスでした」と。

私という死体の庭にも独自な顔があるといいのだが。私が生きた痕跡が庭の中でひっそり息づいていてほしい。

今、十二日目に入った医学生に私は親和性を抱きはじめている。死体である私と医学生である君との間にかすかに生まれているらしいものはなんだろう。聖なる霊と名づけたら高慢だろう。が、たしかに私たちの間で見えない指で何かを指し示す者の気配がしている。

(『詩と思想　詩人集　１９９５』)

ハイビスカス

炎暑の一坪庭、ハイビスカスが咲いている。市民病院行き通りに面するこの仮寓は、ひっきりなしの車に圧倒され、震えつづけている。救急車が日に何台も駆けぬけていく。夥しい悲劇が繰り返されているのだろう。サイレンの音が五十年前の空襲警報と混じりあって下草の上に倒れていく。

そうめんを喉に放りこもうとしていて、あっと、息を呑んだ。ハイビスカスの口から丸木舟が現れたのだ。私を乗せると暗赤色の花芯にゆったりと滑りこみ、たちまち裏側に抜け出たのである。

ピリポの国らしい。こちら側は海辺の病者の村らしい。赤くて細い月が浮かんでいる。ときおりピナツボ火山の灰のような白いものが降ってくる。若者たちがワーク・キャンプの一日分を終えて、焚火を囲んでいる。私が知っている日本の学生たちもいる。

驚いたことに、若い私が横たわっている。私は兵士なのだ。死んでいるのだが、目も耳も大丈夫らしい。しかし今日は一九九五年の八月だ。

「社会的正義を目指すワーク・キャンプなんていう理論はまっぴらごめんだ。俺たちがつくったブランコに乗ってにっこりわらった子どもの笑顔、あれだけで十分だ」と、ぶつくさ言っている日本の若者らの心の底に、ジャングルの中から、うわわーん、うわああ、という聞いたことのない声のようなものがちくちく突き刺さってくる。

さっきから、こちらをじっと窺っている老人の赤い目に射すくめられて、私がふわっと立ち上がった。あの老人の目の奥に孕まれている時間は、五十年以上のはずだ。そのとき、黒い日の丸の零戦がよたよたと墜ちてくるのが分かった。

ピリポと日本の若者たちには、私が見えないようで、お互いに見えない手で握手しようとして手を延ばし始めた。

私は舟に乗せられ、くるりと庭に戻っていた。が、秋になっても充血したままで、星が銃に見えるのだ。

（「嶺」四号　一九九五年十一月）

地図

関東平野。大きな黒門、周囲は苗木畑が多く、ふいに藁葺きの床屋があった。高校生のぼくは、しょっ中授業をぬけだして、見沼用水の辺をうろついた。片手に堀辰雄の「曠野」と「更級日記」。ぼくはぼく自身の暗い出生と惨めな少年時代という夢の中に住んでいた。夢は悲劇的であることによって美しかった。そして、赤松林の中の修道院の庭をうろつき、受洗した。

一九六〇年春、京都。大学に入ったとたん、いっきょに政治運動の渦中に巻きこまれてしまった。第一次安保闘争だった。フランス式デモの合間に鴨川の畔ですすった屋台ラーメンはうまかったし、ぼくらの火がついた血はみんな星になって光ってる気がした。が、ある日、岡田茉莉子の「秋津温泉」を見た帰るさ、デモ隊にとりまかれた。仲間たちだった。「裏切者!」とののしられ引きずりだされた。あの日ぼくの敗北志向は決定的になった。ゼロへの上昇と敗北志向に引き裂かれ、さらにのめっていった。仲間のひとりであったあいつと結婚し、やがてあの事件《こと》が起こったのだ。

一九九六年春、京都。三十年余をへだてて現われた顔たち。「君は下駄ばきで、神経むきだしの破滅型だったな」と言われても下駄を思い出せない。あの事件があって以来、ぼくの中から京都の地図が崩れはじめて、今は残骸しかない。あの事件だけがぼくの肉体をざくっとえぐったままだ。寺町通りを歩きながら、ぼくの右足は痛んでいる。なぜ再び京都に足を踏みいれてしまったのだろう。旧友たちに会ってしまったのだろう。
癒やさねばならない。失われたぼくの地図に番地を書き入れなければならない。癒やしはそっと訪れてくれるかもしれない。

（『詩と思想　詩人集　１９９６』）

剣玉

剣玉はダイビングする喜悦。腰を曳いて、胸をほんの少し湾曲させると、親指と人差し指がやさしく緊張する。両足に弾力が満ちる。ほおっと玉が空を舞い、右皿、左皿に着座する。そして尻皿。ここで大きく息を吸い込み、玉は天を目指し、極限まで糸を張って、かちっ、剣にダイビング。ややや変則的な十字架を描く。

受洗したばかりのぼくの孤独な遊びだった。福音自由教会のぼくは、人体に似て、十字架にも似ている剣玉に、執着した。

やがてカトリック教徒の母のように聖十字を切る形に、剣玉の軌跡を修正して、ぼくは母と信仰を共有している確信を深めていった。

ぼくが結婚した秋に母は召天し、ぼくの剣玉遊びは終わった。

どうしてだろう。妻がぼくから去っていったのは、という終わりのない自問を諦めた頃、子供たちも自立し、それぞれ遠い町で暮らしはじめた。

三年前、ぼくは大学時代のあなたに恩寵のように巡り会い、晩年のような静かな生活を始めた。

ある日押し入れの奥に忘れられていた剣玉に再会した。しだいにぼくは熱中し、聖十字を切りつづけた。が、もう母を思い出すことはない。

ある夜、ぼくは驚いた。あなたとの交媾が剣玉がダイビングするときの喜悦を連想させたからだ。ぼくらの十字架は紛れもない喜悦とかすかな罪の匂いがする。抱き合っているぼくらの十字架が無垢へと変貌することは可能だろうか。

剣玉が十字形になったのは大正時代に入ってからだという。あのまっ赤な頭部は、血にちがいない。そして裸のままだ。剣玉は、捨てられた者の思い出なのだろうか。ぼくはそう思いたくない。赤子であってほしい。贖罪の十字架に祝福された赤子であってほしい。

あなたとぼくは、多摩川で遊ぶ剣玉。

（「嶺」一〇号　一九九九年三月）

夜の　あの花

深く深く沈んだ闇の奥から
音もなく浮かび上がったのは　花　だ

おまえは
いのちの瀬戸際
見守るわたしは
医師でなかったことを悔やんでいるが
遅い

できることは
祈ること

花はわずかな音をもらして　たおやかに花弁を開
き
集中治療室ぜんたいを包んで
微香を漂わせ　いのちをくるむ
私も花にくるまれて
見守られているのかも知れない

花が病院総体をくるむ

病んでいる一人一人と共に呼吸している
　一人一人のいのちの証人

が　花は深夜からの推移の中で
少しずつ少しずつ　身を削られ　絞られ
ついに明け方　宙吊りの絞首刑となった

甦った光の中で
いのちの瀬戸際から
ふたたび帰ってきた新しいいのちたち

あの花は天に帰っていった

（「嶺」三一号　二〇〇九年九月）

群盗

雪降る庭に
押し入ってきた
真っ盛りの山茶花を目指した

灰色と低い赤が混じった覆面は
けたたましく嘴を押し込む

花冠は裸にされ
黄金の恥部が晒される
花芯を突き刺し
舐めまわす
ピッピー　ピッピー

花粉を顔中に撒き散らし
飛び交い
また突き刺す

小さなものらは追い立てられる

乱舞を見守っていた老人は
降りしきる雪を見上げた

まっしぐらなしびれ
苛酷なまでの充実

老人は
みちてくる翼を感じた

（「地球」一三三号）
（『詩と思想　詩人集　２００３』）

還暦婚

おまえは
まだ結婚していない子ども二人を捨てて
ぼくのあばら屋に　来た

ぼくもまた二人の未婚の娘を棄てていた

（というより
　棄てられていた）

スリムですらりとしたおまえだが
頭にはすでに雪を抱いている
四十年前のあの人　とは　思えなかった

おまえもぼくを見て驚いた

いまさら若い夜を取り戻すことはできない
（というより
おまえもぼくも違う人と一緒になったのだから
　文句は言えない）

畳が悲鳴を挙げそうになるぐらい
抱き合ったまま
破れ障子から星を見ていた

「遅すぎた　かな」
「でも　今が一番若いのです」

（「嶺」一三号　二〇〇五年九月二十五日）

百日紅

不気味なキノコ雲を背にして
雲を隠すかのように
巨大な百日紅が満面に笑みを浮かべて
咲き誇っていた八月
クマ蟬の声は一瞬かき消されたが
再び鳴き始めたのだ
生きるために

南海の底を　兵士は歩きつづける
子供たちは北のコーリャンの畑を
足を引き摺りながら
歩きつづける
母を求めて

失われた母も歩きつづける
見えない祖国を求めて
今日も待ちつづけるのは　誰
見えない仮面の下の　顔が見えないあなた
手を足を探しつづける

咲き誇る真夏の百日紅
真っ赤な血をこぼしながら
誰が　夥しい血を贖うのか
贖うにふさわしい　存在

ない　ない
ある　と答えてくれ
あると　決然と声を挙げ叫び　招いてくれ
国と国の間の海を結んでくれるのは
見ることのできない　あなただ
あなたは　今　地上の現場に突入している

（「いのちの籠」一〇号　二〇〇八年十月）
（『詩と思想　詩人集　２００９』）

古墳群のある村

昨日から降り始めた雨は
びっしょり村を濡らし

降り止まず
花も野菜も
うっ伏してしまった
みささぎから飛んできた白鷺は
悠然と舞っている
壕の水は五月のみどりの中で
染まり
森の底に
たった一人の人を埋めている

壕のこちら側には
共同墓地があり
日清・日露戦争以来の
膨大な死者たちが呻いている

墓地の真ん中に突っ立っている　と
死者の　係累の　泣き叫ぶ声が聞こえる

暗い雨の中　ここに白鷺は飛来して来ない

千数百年前
埋められた一人の人は
明治以降　神と呼ばれて
眠ったまま
目覚めることはないらしい

こちらのあの泣き叫ぶ声が
慰められる時が来る　か

私は
みささぎと共同墓地の見届け人
墓守が行方を暗ましてすでに久しい
一人の死者と無数の死者たち
との出会いは可能か
和解はありうるか

雨が降り止まない
雨の奥から
新しい命の声が聞こえてくるといい

見届け人の私は
今日も　雨に濡れたまま
白鷺の唄を解読しつづける

（『詩と思想　詩人集　２０１１』）

二〇一四年の夏・東と西で

東の靖国神社は
旧別格官幣神社という軍事施設だったのです
散華散華　花と散りましょう
花を美化して　神格化したのです
教えてください
祀られた神々の墓地はどこにあるのですか
神社が葬式をしたことがありますか
　そして今も　軍事施設　なのです

西のアウシュヴィッツも軍事施設だったのです
死へと誘い込んだ猛毒の花園
衛生のためのシャワーだと言って
五百万人の人間を　抹殺し続けたのです

そして今は　国立オシフィエンチム博物館
世界の負の遺産として
ビルケナウの特別積み下ろし駅への線路は
今日も
私どもが　この線路の上に
跪いてくれるのを待っているのです

（「いのちの籠」二八号　二〇一四年十月）

京都の空はあなたの息遣い

老いてもあなたに及ばない　この距離を縮められない
水平線まで歩いて行って　あちら側にくるりと抜けて行ったのですか
あの時　その時に　相応しい火の言葉が甦ってくるのです
言葉の礫が炎えています
敗れたのは　前進しない身体　発酵しない意思
あなたを囲む会は　東京から京都に移り
あなたは糺の森のマンションで突然転倒し　そして発病した
やがて「延命はしないでください」とさり気なく書かれた
ぎりぎりまで多くの人に会い楽しく語り合った
豪快に笑った
一人一人の悲しみに本気で応えてくださった
あなたは　ほんとうは誰だった　のだろう
あなたは論文を書かない　人生論も書かない
が　あなたの人生を　まだ見ぬ他者とも一緒に歩んでいた
あなたはひたむきな教師だ
深くて　大きくて　やさしくて
そのままあちら側にくるりと抜けて行った
あなたに及ばない私は
今日も糺の森の空気を吸っている

出典『言葉の礫　河野洋子が問い続けたもの』
（編集委員会刊　二〇一六年一月）
（『詩と思想　詩人集　２０１６』）

山科に義父が設計した洋館があった

おまえがどんな家に住んでいたのか
ペットはいたか　庭があったたか
兄弟姉妹は　どんな父が　母が
何も知らずにいたが　突然　知りたくなった
猛烈に会いたくなった
おれの中に　かれらを迎えたくなった
おれもおまえも　父や母は　もういない
お前が大きくなった洋館の　暖炉や　洋式トイレ
　やベッドが
画面に大写しになるが　手に触れるには遅すぎる

戦争初期　市営動物園はまだ開いていた
洋花花壇が自慢だったが　まっ先に　温室が空っ
　ぽになった
生き残りも　庭の隅に隠され　いつの日にかと期
　待されたが
花より野菜　花より米作り　池は田んぼになった
そして私は　大人に　なったの
そしておれたち　お互いの過去を抱きしめ　一緒
　に生きて来た
こうして政令都市のはずれのはずれで　一日一日
画面いっぱい　過去と現在を描き続けている

少年と少女に突然戻る　時も　ある

そのうち　きっと　天に突入して
みんなに　会える
だから老いて楽しい

（「嶺」四〇号、二〇一四年三月）

エッセイ

詩と説教は、どこで出会うことができるか

たいへん難しい課題が舞いこんできた。

詩を専門とし、かつ神学の勉学に携わっている過程の中で、「説教」というものがどのような影響を与えているか。

詩と私との関わりから始めれば、打開策が見つかるはずだ。

私は、日本キリスト教詩人会（会長川田靖子）に所属している。この日本キリスト教詩人会は、同会編の詩華集『神の涙』、『イエスの生涯』、『創世記』、『聖書の人々』（教文館）を、一九九四年以来順次刊行してきた。この会は、詩誌「嶺」を年二回発行している。

また私個人は、編者として『クリスマス詩集――この聖き夜に』、『イースター詩集――十字架・復活』（日本キリスト教団出版局）を出している。一方、「信徒の友」読者文芸欄の詩選者を十年余りつとめている。詩壇においては、公器的な詩誌「詩と思想」の編集長を長年つとめたが、神学校に編入学して一年後からは、編集参与の一人となり、「詩と思想」新人賞の選考委員を引き受けている。

では、詩（創作と研究）と神学の領域に足を運び入れよう。方法としては、他人の目に止まったわたしの短い詩四編を織り交ぜながら、話を進める。

まずは、この作品を、ぜひ声に出して、朗読してほしい。

聖夜

ひたひたと波がうたっています

夜光虫が待ちきれなくて
背のびしています
あちこちで
星がきらめきはじめました

こんなにしずかな夜
時がみちて
すてられたひとびとの涙から
あたらしいメシアが生まれるのです

ひとびとは
ふたたび
よみがえるのです

島全体に星が降っています

さて、この舞台はどこで、季節は、いつだろうか。

この「聖夜」からクリスマス・イブを思い浮かべる人がいるかも知れない。が、ちょっと待った！　夜光虫が十二月の海に浮遊しているだろうか。作者がキリスト者だからといって「聖夜」がイブとは限らない。広辞苑によれば「聖夜」は、たしかにイブである。が、聖なる、非日常的な夜として、私はあえて既成概念をずらした。そのために夏の季語である夜光虫を登場させた。書いた時、四国に住んでいたのではあるが、作品の世界は、想像力が生み出したものである。じつは、真夏の瀬戸内海の夜をイメージして描いた。過疎化し、疲弊していく瀬戸内の離島の漁村の夜、一日の労働を終えた漁師たちの夕食後、そこに降り積もる疲労と都会へ出ていった肉親たちを思いやりながらも言葉に出さない慎み深い心で星を見上げている人々。この離島にこそ救いの出来事が起こるだろうというメッセージがこめられている。

イブとは直接関係はないが、完全に無関係ではない。神の言葉を共に聞く説教が聞こえてくる教会とは異質な世界であるが、完全に無関係な世界ではない。この作品の神学的テーマは、「受肉」である。表現された作品と作者の神学的テーマは、出会っているだろうか。テーマは表現営為の中で開花しているだろうか。批評は、読者に委ねられている。ちなみに某詩人は、私と元ハンセン病患者の詩人たちの交流を知っているので、この詩から瀬戸内海の療養所をイメージしている。それは私には思いがけない発想であった。

現在私は、東京神学大学の大学院生（六八歳）である。三年前にここで編入生として始まった勉学生活は、緊張と衝撃の連続であった。当時書いた作品「社会人入学」の神学的テーマは、ずばり「神学」である。

社会人入学

初めに〈言〉があった
たくさんの釈義を聴いて
なお不可解な　このヨハネ伝の第一章
二千年　語り継がれ
二千年　聴き継がれてきた

この伝統の底から
光の父が見えてくるというのだろうか
神学校とは何か
一時的な出家の集団
修道院である

入って必ず出て行く場所
そして〈言〉に聴き
服従する日々を生きるのだろう

神学校とは何か
私を　省み
さらに　省みて
さらに　混迷していくわたしの迷宮である

神学校とは何か
〈言〉への

違和と反逆と迷走へと誘惑する花園

ユダヤ教の
イスラムの
そしてキリスト教の神学校で
祈りは絶えない
みな〈言〉と格闘している

詩人たちからは、「詩を棄てたんだな」という嘆きとも非難ともいえないつぶやきだけが返ってきた。例外的に「ご苦労さま」と言われた。これらは日本の精神状況をよく反映している。

これはたしかに美味しい詩ではない。これは、わたしの神学事始めを描いたドキュメンタリー内面詩なのである。

そもそも「説教」という言葉は、仏教からもらった。今や、「説教といえば牧師の説教」で通るが、本来は、宗教の教義・趣旨を説き聞かせること、が辞書的な意味である。

〈私たち〉プロテスタントの牧師にとっては、「説教とは、キリストを紹介すること」である。〈私たち〉を括弧に入れた理由は、私はまだ神学生であり、予備軍だから。が、夏期伝道実習やその他の機会には、「説教」をさせていただいている。この微妙な、ややこしい立場、これがわたしの現住所の一方の顔である。

次の詩「城」の、神学的テーマを考えてほしい。

山全体が石垣で構築されていた
それはどっしり重く
しかも桜の花に色どられていた
ひとびとは
萌える若菜のうえに腰を下ろし
城下のかなたに広がる
なごやかな海を眺めたり

陽気な語らいに興じていた
やがて
連絡船が島の背後から姿を現わし
たくさんのひとびとを載せ
ごくわずかの貴い美しいものを載せてやってきた
二歳になった息子は
瞳孔を大きく見開いて
「船、船」
遣唐使船が帰ってきた朝のようであった

もちろん正解があるはずはない。わたしの答えは、「恩寵、恵み」である。なあんだ、と言われるかも知れない。作品を読み終わった時、もしこのようなテーマが読み手の心にじいんと深く浮上したとしたら、わたしの胸は感謝でいっぱいになるだろう。が、読み手は作者に縛られない、自由に感得する。説教もそうだろう。ちなみにこの詩の舞台は、香川県の丸亀市亀山城址である。断っておいた方がよいと思うが、私は神学的テーマを設定してから詩作しない。まず最初の一行が生まれてくる。または、突然ある一行が到来する。そして出来上がってから初めてテーマが見えてくる。説教黙想と似ていて非なるところである。

では、詩と説教の、共通点と相違点はどこにあるのだろうか。本書の読者のほとんどは説教者であるから、詩についての関心がある人とない人に分かれているに違いない。たとえ詩に対して特別な思い入れがなくても、島崎光正や八木重吉の詩は読んだことがあるだろう。さらに比較的短い作品を説教に引用して活用したことはあるだろう。

詩の定義は、難しい。私は、二〇〇九年春に共著『賀川豊彦を知っていますか』（教文館）を出した。その中で私は、「詩人としての賀川豊彦」を書かせていただいた。言いたかったのは、賀川豊彦の全生涯が、詩の表現であったに尽きる。ただし、言葉で詩を書く詩人の詩の概念とは異なる。言葉で書く詩とは何だろうか。

わたしの詩の定義を、賀川論からまとめてみる。

詩とは、直観を通して展開される情動による言語表現であり、その作品を支えるものは言語表現の緊張感が生み出す美である、と、考えています。その直観は、論理的に見えて非論理的であり、飛躍が論理を繋ぐ決定的な役割を果たすのであります。つまり非論理と飛躍による表現が美に支えられて快さ（美的陶酔）が成立している世界です。この飛躍が、じつは独創性なのです。／略／文学作品が与える快さは、美的救いです。キリスト教の宗教的救いとは異質です。この元来異質な美的救いと宗教的救いをどうにかして合体させようとして、キリスト教詩人たちは苦闘してきました。山村暮鳥や八木重吉、安西均、石原吉郎、島崎光正らの詩作品を思い浮かべれば、ある程度納得できるかもしれません。宗教と詩は、古来縁戚関係にあるわけです。ただし、この問題を賀川豊彦に当てはめても無理です。賀川の全生涯が詩なのですから。

（九五―九六頁）

神学の中で美の問題は、いまなお難問らしく、神学美学の研究はさびしい。形容詞「美しい」もほとんど聖書には登場してこない。が、美の問題と取り組まないと、自然美と美的倫理感覚（「あいつのやり方はきれいだ、汚い」）に敏感な日本の精神風土での伝道は切り開けないだろう。

さて、東京神学大学の大学院では、本格的な説教学演習も実践神学演習も学ぶ。トゥルナイゼン、ボーレンを核にして、神の言葉の神学である説教学を勉強しているが、その手ほどきとして、何をいかに備え、語るのかを訓練されている。一年後には伝道の最前線へと赴く。その準備と共にすでに修士論文演習も始まっている。そして私は、神学生として神学を学びながらも、詩人としては、詩と説教の関係を模索する日々である。

次の随筆は、二〇〇九年九月詩誌「地球」で発表したものの抜粋である。詩人神学生の魂の現住所が見えるだろうか。

神学と詩

わたしの高校時代（昭和三十年代前半）は、朔太郎とその周辺との出会いであった。あれから半世紀が過ぎた。詩とのつきあいが人生の核の部分であった。その核は宗教と重なっている。幼少期の神道・仏教であり、青春以降のキリスト教である。神道的仏教的感覚が下層に沈み、キリスト教と詩が現在のわたしの意識化の中心にある。

周りの詩人たちは、詩と宗教の関係に距離を置いていて、私に切断せよと忠告してくる。が、私は押し切って定年後に神学校に入学した。四月からは大学院でさらに神学に専念することになった。過去二年間は、信仰と詩との関係を意識化するゆとりがなかったが、ようやっと再び取り組むようになった。

人生的社会的な抒情詩を経て、私は現在、宗教的な抒情詩を目指し始めた。志と言っていいだろう。それは、和讃・声明の系譜に立つ詩への渇仰であると言える。キリスト教詩人の山村暮鳥、八木重吉にもこの系譜の上に立つ独自な作品がある。これらを踏まえて、平明さと率直と深さを湛えた新しい信仰詩を構築できるか、その予兆の中でわくわくしている私である。

しかし、この実現は、旧新約聖書に食らいつき、メッセージを読み取るところからしか生まれてこないだろう。しかもこれは、神学生の友人たちと共には荷ない合えないわたしの課題である。

信仰を詩として表現していくことの難行に没入すること、これが詩人としてのわたしの新しい道である。神学と詩との出会いを捜し求める旅なのである。

これがわたしのもう一つの顔である。

それにしても、信仰詩が美と相剋せずに確立できるのか。それとも新しい美学を確立できるのか。明治二十年代の初めに文語訳聖書が登場した時、文学界はその新しい文体から新しい感受性と思想をそこに嗅ぎ取ったのである。島崎藤村が文語訳聖書と讃美歌を換骨奪胎してまでも新体詩を（信仰詩から恋愛詩を）創りあげたのは有名な事件である。近代抒情詩の不幸な出発であった。
私の「社会人入学」は、神学を問う詩としてその出発点に立てるだろうか。

現在説教学演習で、ルカ伝のザアカイ（一九章一―一〇節）をテキストに大学院一年生全員が準備した説教原稿をもとに説教批評を試みている。自分の原稿がずたずたに晒しものにされていくのはつらい。が、聴くことの専門家として、まことの羊飼いの声を聴くことに全力を集中する者としては、説教批評は不可欠である。
では、最新の詩を紹介しよう。この詩の神学的テーマは、「聴従」である。

　眼前に
おれの眼は
活字の小さいギリシア語とヘブル語の勉強で
疲れきって傷んでいる
今
お茶の水のハリストス正教会の
大聖堂を見上げている
玉葱ドームのてっぺんにある十字架まで
狭い細い梯子が掛かっている
誰が昇っていくのだろう
ひょっとしたら　星の夜に
長い修道服を着たまま　無垢の少年僧が
神さまとお話しをするために
昇っていくのかもしれない
おれは　網膜剥離になる前に
神さまの声をしっかり見届けたい

詩の創作と黙想の共通点は、ここにある。

（「アレティア」六七号　二〇一〇年一月）

全筋肉を動員して表現へ

一、叙事詩への挑戦

日本の詩の歴史を見ていると、叙事詩の歴史がある。古代の『古事記』、中世の『平家物語』、明治の北村透谷の試みも忘れてはならない。昭和前期の、槇村浩の『間島パルチザンの歌』も貴重な遺産である。あるいは、アイヌの『ユーカラ』、沖縄の『おもろ』は、民族の記憶として歌いつづけられるべきだろう。叙事詩への挑戦とは、歴史を物語ることであり、その証人となることである。詩の豊饒性を願うなら、叙事詩の復活へと立ち向かうべきである。

二、朗読への挑戦

多くの詩人が肉声をＣＤに吹き込んで配布しているが、それが詩の普及や深い鑑賞につながるとはかぎらない。朗読には朗読の方法がある。一つは、作品に距離を置いて客観的に朗読する。もう一つは、作品が詩人の文学的人生観からほとばしり出た分身である場合、肉声は言語そのものであり、メッセージが効果的にまっすぐに響き渡ってくる場合が多い。が、抑制のない絶叫はいただけない。この二通りがあるだろう。このことをよくわきまえた朗読でない場合が多いので、詩人の朗読は概して退屈してしまいがちであり、興ざめする。最近では、末期癌と戦っている田川紀久雄の発声、リズム、声の強弱から、いのちの叫びを実感する。

三、詩を広める必要　あるいは詩の拡大

詩はもともと歌われたものである。あるいは暗誦された。現代では視覚的に読まれるか、あるいは朗読であるが、こんごは子供から老人まで共感を広めていくべきだろう。そのための方法、あるいは詩そのものの拡大を試みるべきである。朗読、詩画展、暗誦、ダンスなど、詩人が多くの表現領域へと越境していくことは必至である。肉体そのものが詩になるまで燃えることが要求されているのだ。

四、批評

詩は挑戦であり、抵抗であり、批評である。何への？　この詩の営みを芸術批評として成立させるべきである。

（「ＰＯ」一三二号　二〇〇九年二月）

美学と信仰と挨拶

詩を書くとはどういうことなのか。自分で満足する答を出せたことがない。

が、七十歳を越えて、少し変わった。高年齢になって、頭の働きが少し鈍ったのは事実であるが、それだけではない。六十代半ばになって、神学校に入り、神学の森をさ迷いながらも、ある方向が見えてきたのである。

満足する答は不要なのだ。要するに、詩を創るのは私が詩人だから、詩を創らずにはいられないというだけのことだ。ただし、神学校を卒業したという経歴は、重くて嬉しい事実であり、この事実を抜きにして私の現在はあり得ない。牧師なのだ。詩人牧師という言葉は、まだ広辞苑にも登場していない。一般にも、馴染みのない表現であるが、ここからぶれて私の存在意味はない。

自分の生とは何か、自分は世界をどのように切り取って、出会っているのかを問う時、詩の表現行為が一番適している。日曜日ごとの説教も、あやうく散文詩なのだと自覚している。おまえは、信仰と人生論に囚われて、芸術としての詩を放棄したのかと反論されそうだが、実をいうと、与えられた生を感謝して喜ぶことしか私には関心がない（このことには十六歳で受洗してからうすうす気がついていた）。言葉は意味を伴う限り、観念化、論理化をさけられないが、観念が肉体化するためには、言葉に美学（美的感性）が伴わなければ満足できないのが詩人である。ところが美的感性というものは危ない存在で、善悪の両域に入り込み、しかも興奮を伴う。

多くの宗教学で、美的存在よりも宗教的存在を上位に位置づけるのは、この辺の危なさに気がついているからだろう。にもかかわらず、私は詩に執着している。ただし牧師になった詩人としては、そのぎりぎりの地点での、倫理的判断があって、かつての私自身に決別したのである。決別しながら悶え続けている。こういう場所にいる私を、山村暮鳥、八木重吉、大江満雄、石原吉郎、安西均、鷲巣繁男などの仕事が取り囲んで、さまざまな刺激を与えてくれている。

現在の私の志は、近代的個人主義の克服である。具体的には、私を投げ出すこと、他者の中に潜り込み、他者そのものを歌うことへと向かっている。そして、なお生かされてある私から漏れ出る挨拶こそが詩であると言いたがっている。

いつか（もう時間がないのだが）信仰が美学を支え、美学が信仰と神を讃える時が来ないものだろうか。それを詩の栄光だといったら、あまりにも独断だと一笑されるだろうか。

今回集めた四十点の作品から、みなさんに伝わるものがあれば、幸いである。

（二〇一三年三月一日夜）

（森田進・森田直子著『詩画集　美と信仰と平和』「あとがき」）

詩と祈り

牧師詩人と言われるけれど

日本現代詩に関わっている牧師である私にとって、「詩と祈り」というテーマは実に重荷だ。なぜかというと、旧約聖書には、ダビデ王が創ったという「詩編」（一五〇編）が収録されているから。ことごとく主（神）への感謝と賛美、あるいは個人（神の民、選民ユダヤ民族全体を指す場合もある）の苦しみ、悲しみ、絶望などの底からの訴え、救いの希求に満ち満ちている。西欧の中世の修道院では毎日詩編を朗唱していたそうだ。

世界中で愛唱されている有名な詩も多い。日本でもたとえば二三編などが親しまれている。現在の新共同訳の二、三節を覗いてみると、「主はわたしを青草の原に休ませ／憩いの水のほとりに伴い／魂を生き返らせてくださる。」である。明治以来の文語体聖書は、格段の文学的香りを放っていると私は確信しているので、皆さんもそれぞれ文語訳に当たって確かめてほしい。その訳文は、ほとんど漢訳聖書からのものだ。これはどういう意味かと言えば、文語訳の漢文体的詩語の発音、リズム、文法が醸し出す格調への愛着があるからだと断言できる。

私の知っているキリスト教詩人（七十代）の暗誦聖句は、どれもこれもが文語体訳である。聖書の翻訳は改訳する度により正確になっているというが、文語体訳への愛着は尽きない。

この事実一つとっても詩（創作としての）は、母語で読まない限り享受できないことが分かる。これが日本人キリスト者が旧約のダビデ詩編の前でいつも戸惑う壁なのだ。

もうひとつの壁は、現代詩は、日常的な日本語から余りにも遠い哲学的思想的な表現にまで辿り着いてきてしまって、「詩と祈り」というテーマからは無縁の領域で展開してしまっている。現代詩に関わっている私は、このテーマの前で振り回されている。

（「ＰＯ」一六三号　二〇一六年冬）

解説

神学と詩との出会いを捜し求める旅
――森田進・詩人牧師への歩み

川中子義勝

森田進氏と初めて親しく話をしたのは一九九九年であったと思う。私が詩誌「地球」に加わって暫くしてから、その合評会の場であった。詩誌の先達として、また「詩と思想」の編集長として、会での氏の発言には重みがあった。その後、二〇〇二年九月に「地球」は「詩と宗教」という特集を組んだ（一三一号）。森田氏は「詩と宗教の相関関係性」という文章を寄せている。続く頁には私の「『詩と宗教』その存立の両義性について」が載ったが、図らずも森田氏の論旨にいささか通じる内容となったという驚きの記憶がある。その後はキリスト教詩人会の会員として交わりが深まった。恵泉女学園（女子短大）で非常勤をした際には多摩の職場を共にしたことになるが、氏の年譜を見ると、他にも浦和高校の先輩、浦和福音自由教会の縁など、私は知らぬまま氏の歩んだ辺りを十数年後に辿ってきたという感慨を懐く。今回、森田進氏について、キリスト教との関連を中心に記してほしいという趣旨の依頼を受けて、そのような想いがまず心に浮かんだ。

「地球」の特集「詩と宗教」には、執筆者が多様であるがゆえに、内容上の統一は見られない。その中で、森田氏のエッセイ「詩と宗教の相関関係性」は、「キリスト者であることを公言し」、その立場から、読者に専ら詩人たちを想定して記したものである。「詩と宗教」の関係、それは多くの詩人にとって切実な主題ではない。「信心」と「信仰」の区別すら曖昧な日本では、いずれも「神聖なものへの親近感という意味合いが強い」とされる。これは「日本人一般の自然観とほぼ一致する」から「文学（詩）と宗教は、たいして魅力的なテーマではなくなる。日本人にとっての自然（観）を徹底的に洗い出すほうが、より魅力的かつ重大なテーマになるだろう」と、問いを巡る状況を初めに見渡している。

これに対し、森田氏は「私の立場を明確にしておく」とし、「信仰とは、絶対者（神あるいは仏）への帰依である。その絶対者に対する自分の存在の位置付けをする営みが、日常の信仰生活である」と規定する。しかし「超越者との絶えざる対話あるいは対決が成立していない土壌で」、このような営みが、なお詩に関わることへの理解はなかなか得られない。周りの詩人たちからは、「文学（詩）は、宗教の奴隷ではない。文学は美と真実の表現が目的であり、永久に人間（個としての私）のものである」とする不平、批判の声が挙がる。森田氏は自らの立場が「現代詩人の中で少数者である」ことを承知しつつ、その上で「美と真実の追究と表現の建築行為である」詩と「生の基盤の樹立行為である」宗教の両者が、一人の人間の内部で根を下ろすことがあると証言する。「両者は絶えず言葉を媒体にして成立している」からである。そこでは、「美が目的ではなく、生の深さをほんの少し覗いてしまった者として、その深さにおののきながら生きる表現が詩なのである」。

そこで森田氏は、詩と信仰の「両者の間で苦しみつづけ」た詩人たち、山村暮鳥、三木露風、八木重吉、中原中也、大江満雄、石原吉郎、安西均といった先人を挙げながら、彼らの作品には「垂直軸が立っている」と言う。「この垂直軸の出現によって、自己中心の人間観が崩れ去り、新たな生の可能性が見えてくる構造になっている。つまり、文学至上主義に対する『否』の声を発するもの、それが神の声であり、神の存在を暗示あるいは黙示しているものがかれらの作品である」と述べる。

森田氏は、こうした問題に不得手な日本の現代詩の動向を顧み、むしろそれこそが「徹底した個に立つ詩を書こうとすれば、避けて通れない問題」と指摘し、「そもそも詩を書く私とは何者なのか」と問いかける。「生き生きと生きたいと願う私があるのと同じ重さで、あなたが生きている。他者である。私の投影ではない、もう一人の私では絶対にない他者とどう関係していくか。その時、人は個の限界を認めざるをえない」。ついには「絶対他者との出会いが、日常への埋没、安住から脱出する物語の始まりになる」と結ぶ。

詩と宗教の「両者は、相剋しながら、生を深化させ、個と他者との関係を深化させ、普遍的人間へとつながっていく契機を産み出す相関関係」にある。森田氏のこの認識は、その後も変わることはなかった。その立場を貫くこと、それは牧師という生業を選ばずとも歩むことができたはずである。しかし、森田氏は、神学校へ行き牧師になる道へと一歩を踏みだした。何のためか。一つには、牧師となれば、言葉を介しての他者との出会いがより具体的となる見込みがあったからかもしれない。いまひとつ、詩と信仰の相関という問題を更に深めるために、自らを積極的に課題の前に立てる意図もあったはずだ。

神学校での学びは、ヘブライ語、ギリシャ語という正典言語の習得に始まり、釈義のための文献学・解釈学や、説教のための修辞学という、それ自体としては無味な修練と忍耐が続く。歳をとって記憶力の減退を覚えつつ語学の試験に備える難儀を口にした事もあったが、氏は挫けなかった。それは、氏が神学校での「言葉」の学びに期待をしていたからであろう。「theology」とは元来「神theos +言葉logos」である。「神の言葉」、それは、「神の（語る）言葉」すなわち啓示と、「神（について）の言葉」すなわち神学の両方を含意する。それは、神と人との間の対話、その双方向の言葉の発現と深まりを約束するものであり、森田氏は、第二の人生をそのような営為の醍醐味にかけたのだと推測する。

本書に収められたエッセイ「詩と説教は、どこで出会うことができるか」は、その学びの途中、神学者や牧師候補の神学生のために記された。詩とは比較的縁の疎い人々が相手である。自作「聖夜」を例に、「この作品の神学的テーマは『受肉』である」と、神学の術語で解き明かす。また、「東京神学大学の大学院生（六八歳）」が「神学事始めを書いたドキュメンタリー内面詩」である「社会人入学」は、ヨハネ伝福音書冒頭の一節に対する膨大な釈義の伝統の彼方に、創造の「光の父」を仰ぎ見る歩みとして自らの後半生を遠望する。誰もが「みな〈言〉と格闘している」という結びには、その限りは、牧師者・信徒であれ詩人であれ、その生の形に変わりはないという認識が表明されている。

このエッセイ中に、詩人と神学者のそれぞれに認識の転換を提起する箇所がある。そもそも「説教」という言葉が仏教に由来すると述べた一節は、日本人の宗教観の偏りを示唆する。説教、また教会、教義、教理、はては棄教と「教」の字を重ねる。それは仏教の（また日本人一般の）「宗教」観である。しかしchristianityは、字の通り、キリスト「教」ではない。「宗教」ではないのである。その本義は「キリストの事柄《こと》」なのだ。森田氏は言う、牧師にとって、「〈説教〉とは、キリストを紹介することである」と。日本人が宗教を普通考えるように、教えを教科書のように学ぶ仕方の彼方にキリストの信が立ち現れることはない。問題は生き方なのである。一方で森田氏は、神学者に対して、「美的救いと宗教的救いをどうにかして合体させようとして、キリスト教詩人たちは苦闘して」きた、と述べる。美の問題は、神学では、ともすれば鬼子扱いを受けてきた。しかし、「美の問題と取り組まないと、自然美と美的倫理感覚（「あいつのやり方はきれいだ、汚い」）に敏感な日本の精神風土での伝道は切り開けないだろう」。これもまた本質的な指摘である。

エッセイの末尾で、「神学を問う詩としてその出発点に立てるだろうか」と自らに問いかけた森田氏は、ともあれ挫けずに課程を修了し、按手礼をうけて赴任していった。それは「神学と詩との出会いを捜し求める旅」への出立であった。その求めについて森田氏は、「人生的社会的な抒情詩を経て、私は現在、宗教的な抒情詩を目指し始めた」と志を表明する。「平明さと率直と深さを湛えた新しい信仰詩を構築できるか、その予兆の中でわくわくしている私である」と、氏の言葉には新しい生を生き直す若々しさが響く。

森田氏の詩集で、主題への集中と結実という点で達成度が最も高いのは『野兎半島』であろう。他者としての朝鮮の主題を追求したこの書について、私はかつて「詩と思想」二〇一六年十一月号「名詩集発掘」で論じたので、ここでは繰り返さない。言葉を介しての出会いを扱った作品「留学」は、最も心に響いた。詩集後書には「立ち上がった野兎が、じっと何かを見詰めている。祈っているのだ」と記されている。この頃までの森田氏の作品では、信仰は下地として総ての後ろに控え、時に形を覗かせるという趣である。「信仰詩が美と相剋せずに確立できるのか。それとも新しい美学を確立できるのか」という問いが主題としてはっきりと意識されるのは『美と信仰と平和』以降の詩である。

宗教詩には主に二つの形がある。森田氏の作品にもそれを窺える。第一に、詩が祈りと重なる場合。その題の通り「祈り」という一篇、また「日本孤児」「ばあちゃんっ子」「牧師」「眼前に」「メッセージ」などの一人称、さらに「変貌の季節を」「墓参」「還暦婚」「百日紅」「京都の空はあなたの息遣い」などの二人称にはそのひたむきさが結実している。

第二には、抒情が信の造形をも目指す場合である。それは、言葉の一般性の中に、信にある生の普遍性を（構造として）を建てる営みである。物語ることが共感を呼び起こすならば、それは建徳を目指す説教にも通じてゆく。三木露風を引用する「赤とんぼ」も、赤蜻蛉＝十字架という発見とともに、平和を願う素朴な信徒の祈りへ通じてゆく。「汝等ひるがえりて幼子の如くならずんば天国に入るをえじ」というキリストの言葉が響く。同じ響きは、「卵祭り」と「花祭り」の差が分からずとも、自身や孫の生きる世界を素直に受けとめている老人の言葉にも伺える（「イースター」）。教えの違いを問う知識の小賢しさよりも、世界を浸す恵みの現実の方がはるかに大きいとする、ルターや親鸞の言葉を背後に聞き取ることができる。文学は、恵みそのものよりは、生の暗い実相を描くことをより得意とするが、暗黒面も光の反照を映すことがある。信仰詩が、生の暗澹たる実相や罪の奥深い現実を見つめてなお共感を導くのはその様な場合である。森田氏の作品の中では、「女」「蛇」「鯨」「その朝」「指」「剣玉」「群盗」といった作品がその系列に属すであろう。なかでも「剣玉」は、記憶から呼び起こされる過去の喜悦と執着、また覆せぬ咎と呵責、その総てを現在の伴侶との共生に重ねて「十字架の贖罪」にむすび、祈りを導く。そのイメージの鮮やかさにおいて、森田氏の詩のなかで、抒情と造形が最も見事に統合された作品である。

韓国と在日の人々の声を詩として表現

佐川亜紀

1　韓国の人々との生きた交流

森田進さんには、月刊詩誌「詩と思想」の編集長を務められた時期にご指導頂いたばかりではなく、韓国詩、在日詩研究の先達として多くの教えを受けた。尹東柱、金南祚、金光林ら韓国詩人の翻訳と紹介にも貢献され、権宅明氏の訳詩集の監修もなされた。私が編集委員の時、韓国詩特集を何回か行わせて頂いた。

また、「在日コリアンの詩」を特集し、その詩篇群のすばらしさと重要性に打たれて、ぜひ詩選集として本にまとめましょう、という私の無謀な企画にも快く応じて下さり、五百頁余りの『在日コリアン詩選集』を共編して出版できた。

秋谷豊氏主宰の詩誌「地球」が大きなアジア詩人会議や世界詩人会議を開催し、その主要メンバーとして活躍し、交流の労を担ったことが森田さんの韓国詩人、アジア詩人との繋がりを豊かにしたと思っていたが、本書の詩篇を読むと、日本語の教授として韓国でかかわった人間的な付き合いが詩の源にあったと分かる。

韓国との関係では齋藤怘が植民地時代にソウルに生まれ育ち共に学んだ体験を基にした詩を書いたが、森田進は一九四一年生まれで、戦後世代に入ると言ってよく、戦後日本と韓国の新しい友誼や責任に言及しているのは注目すべき点だ。

一九七一年の第一詩集『海辺の地方から』よりすでに作品「韓国人学生　梁　勝将に与える詩」等に親愛と対峙の複雑な関係を映し出している。

慶尚北道出身の君は
日本人のぼくと肩を組み
凝と見つめ合っている
（略）
海一つ距てて
李承晩ラインを境にして
君たちとぼくたちとは今日も複雑に対している
（「韓国人学生　梁　勝将に与える詩」部分）

朝鮮戦争と分断の傷も深く、韓国は軍事独裁政権が続き、言論も弾圧されていた。日本支配への憤怒と警戒も解かれていない。経済摩擦も起った。困難な課題を背負い続けたのは、キリスト教の共通の信仰と倫理と愛によるだろう。「ああ図太い無神経な／キャピタリズム／／ああ深い真摯な畏怖がなければ／信仰の確立は望めない」（「視点」）と資本主義で失われていく畏怖と信仰の心への渇望が感じられる。詩「さようなら」は中野重治の詩「雨の降る品川駅」を思い出させるが、中野がプロレタリアとして連帯したのに対し、森田の「共同のゲリラ」

には汚臭や疲労がつきまとう。朝鮮半島の困難な状況と日本の腐敗した社会が共同性について自省させ、内面の信仰に近づけたのかもしれない。第一詩集には朝鮮だけでなく、ベトナム、カンボジアについても書かれていてアジアへの関心が初期から高い。

一九七八年に韓国・崇田大学大田キャンパスの客員教授として赴任し、一九八〇年には詩集『乳房半島・一九七八年』を刊行した。日韓の往来が少なかった時代に韓国を直に体験して、叙事詩というより人間ドキュメンタリーのように人々の声を詩として定着させた功績は大きい。「キリスト者ハ／伊勢神宮ニ行カナクテモイイノデスカ?／はい。あそこは古代美術史の研究対象です。」(「夏」)。植民地時代の天皇制支配・皇国臣民化の恐怖と痛みが残っていた。時に、建て前ではなく、酒を酌み交わし本音を聞く。「私は、その若者と過してきた半年間のあれこれを反芻した。すべてが楽しかった。が、楽しかったのは、私だけではなかったのか。」(「秋」)。

一九八五年にも詩集『野兎半島』を刊行し、朝鮮半島についてひたすら書き続けた。日本人として詰問され、反省を促されたことも少なくなった。

日本ノ暦デハ、八月十五日ハ国民祝祭日デハアリマセンネ。我ガ国デハ「光復節」スナワチ民族解放記念日デス。日本人ハコノ日ヲ「戦争ノ意味ヲ考エル日」ニスベキデス。モットキツク言エバ、「不戦ヲ誓ウ日」ニスベキデス。

(「空襲警報は解除されていない。」部分)

さらに、国家から棄民された人々に目を注いでいる点はとても貴重だ。国家から捨てられ続けた老人が自然に近くなるという発見は苛酷でもあり、超越でもある。

よくごらんなさい。二つの国から捨てられた女たちが、断念の果てに得たものは、かぎりなく自然に近づいていくことなのです。一人ずつがこの国の土まんじゅうになり、やがて文字通り、自然に帰っていくのです。

（「ハルモニーの午後」部分）

日本への憎悪と懐旧が入り混じり、ユーモアさえ漂う老婆たちの会合は、苦しみを生き抜いた逞しさと柔らかさと、凄みさえ漂う。

2　在日朝鮮ハンセン病詩人と在日詩研究

森田進は、在日詩人についても知見が広く、金時鐘の重要性に論及し、崔華國とは親しく知遇を得た。特に、在日元ハンセン病詩人と出会い、執筆した評論は、大切だ。詩論集『詩とハンセン病』に記したように「魂の癒しという最大の主題」としてハンセン病詩人の詩全体に深い感動を抱いていた。栗生楽泉園で詩話会の講師を務めた詩人・村松武司は「日本の近代化驀進のために犠牲にさせられた二つのもの、それがライと朝鮮だ」とくり返し言い、森田を一世女性詩人・香山末子に引き会わせた。森田は香山の詩の故郷を「末子の内部に貼りついた韓国は国家としての韓国ではなく、おそらくあの半島の海の匂いのする南部地方であろう」と心情を汲み取った。故郷から強制連行で離され、日本の炭鉱で酷使された挙句、発病した人々の苦悩を詩にも表した。

解放直前、発病したようです。疲労と栄養失調のせいです。そのまま、戦後のどさくさの大阪で。でも結局説得されて、ここに送りこまれたのです。日本人から厭がられましたよ。

（略）

在日外国人ハンセン氏病患者のほとんどは朝鮮人ですよ。私らは、ショウワ四十年の日韓基本条約の締結の時に、はっきりと捨てられたのです。

（「瀬戸内海通信」部分）

国家の戦争と強制政策によって命と体を奪われ、解放と敗戦後も国家の補償も謝罪も受けられなかったハンセン病患者は歴史の闇に葬られ棄民された。エッセイ「詩と説教は、どこで出会うことができるか」の中で、詩「聖夜」から瀬戸内海のハンセン病療養所をイメージすると某詩人から指摘されて、思いがけない発想と述べているが、「こんなにしずかな夜／時がみちて／すてられたひとびとの涙から／あたらしいメシアが生まれるのです」という詩句は、棄民こそ人間的な新しい世界を想像させてくれる存在だとする宗教的信念の現れであろう。

3　愛と平和への祈り

森田の詩の特徴の一つに肉体を含めたおおらかな愛を感じる。詩「愛してされて」は、ユーラシアの騎馬民族の娘と馬に乗る作品だが、ユーラシア大陸そのものと交接するような雄大さが爽快だ。また、貧しい時代に韓国で暮らす日本人妻は、省みられず隠されていたが、温かな情が存在していると伝えている。

新聞ならごめんだぜ。わしらのことを哀れっぽく書き立てるからな。大学の先生様もごめんだぜ。なんだかんだと質問して、それで終りだ。わしらの過去を根掘り葉掘り聞いて、それでどうする気だ。帰ってくれ、そっとしておいてくれ。日本人妻がそんなにおもしろいのか。

（略）

今度ノ冬ヲ越セルカドウカ、自信ガナイ。仕事モナイシ、モウ体ガボロボロ。病気ノ主人ト抱キ合ッタママ、ジット春ガ来ルノヲ待ツダケ。

（「忠清北道――一九八一年晩秋――」部分）

子供たちも差別に遭った日本人妻は、苦しい暮らしと厳しい生を夫と抱き合うことで過ごした。

この愛への希求は、森田の幼少期の思い出に発しているのではないか。二〇一三年刊の詩画集『美と信仰と平和』に収められた「ばあちゃんっ子」「鹿手袋の小町」

（「赤とんぼ」部分）

等から祖父母や父母とのやや通常とは異なる家族を推察する。「牧師」という題の作品が父の鬱屈、母の秘め事、自身の漂流を題材にしていることに驚く。穏やかな森田の風貌のうちに神への愛と人への愛が激しく燃え盛っていたのではないだろうか。若々しい思慕をなくさず「還暦婚」し、六十六歳で東京神学大学に入学し大学院を卒業し、牧師となった情熱は並大抵のことではない。詩と神と人への尽きない憧れと呼びかけは常に熱かった。

あれは血だらけのキリスト
贖罪の十字架刑

戦争がない時　息子が父に逆らう
戦争が始まる時　父が息子を失う

愛と平和を抱き寄せる実力を
どうしたら　手にできる

日本と朝鮮の間に友愛を、日本の近代化の犠牲になった人々に対して魂の復権を、「愛と平和を抱き寄せる実力」を求め続けた森田進の詩と評論は、二十一世紀の聖性が失われる時代にこそ必要とされる業績である。

詩人牧師森田進の真実

中村不二夫

1

　森田進と初めて出会ったのは、一九八〇年代半ば、高良留美子を編集長とする「詩と思想」編集会議の場だった。その中で森田は、高良からの信頼も篤く書記を兼ねた司会進行役のようなことをしていた。当時の「詩と思想」は純粋な商業誌で、毎回社主から売れなければ廃刊という厳しい現実を突きつけられ、だれもが必死に誌面作りに参画していた。当時森田はすでに教授の職を得ていたが、それは生計維持のためで、「詩と思想」を介し、自らの文学的理想を実現することに情熱を燃やしていた。「詩と思想」の理念は、詩人たち自らの手で雑誌を編集し送り届け、それを世に広めることであった。森田はこれを出版社の営利事業から切り離し、詩人たちの純粋な文化運動と捉えていた。今から考えれば、明治初期のキリスト教布教活動と似ていたのかもしれない。私はまだ見習いの立場だったので、森田たちの必死さを横から眺めていた。

　一九八九年、「詩と思想」は売上の低迷から、小海永二体制に引き継がれ、そこで初めて購読会員制度が採用された。森田も私も多少の違和感を持ちつつも新体制に呼ばれた。小海の全国的な知名度もあって、購読会員は一時二千名に迫る勢いだった。これで「詩と思想」は潰れないで済むというより、会員にのみ執筆させる誌面作りは、詩人の運動体というより党派的な閉塞性につながる危惧のほうが先に立った。そうした中、森田の仕事の質も少しずつ変化を見せ始めていた。つまり、「詩と思想」を拠点にしつつも、日韓詩人の国際交流、ハンセン病詩人たちへの指導など、個人の仕事に比重が置かれ始めようとしていた。
その中で特筆すべきは、佐川亜紀の共編著『在日コリアン詩選集　一九一六―二〇〇四』（土曜美術社出版販売）の刊行で、これは第三十回地球賞を受賞している。ここでは二人の先駆ともいえる石川逸子のことばを紹介したい。

日本列島を縦断する、強靭で豊穣な在日コリアンの詩の山脈。非道な植民地支配、戦後なお無反省に続く差別政策のなかで、生きづらい世を生きねばならなかった在日コリアン。胸に溜まった悲傷と憤怒と省察から紡ぎ出された詩群は、裂かれた故国の統一を願いつつ、世代・詩風・性別をこえ、空に向かって高らかに屹立する。（帯文より）

ここでの石川の言葉によって、森田が何を求めて「詩と思想」の編集に携わっていたかの内実が明瞭に伝わってくる。森田の恵泉女学園大学の最終講義（二〇〇七年一月十五日）も「詩人・尹東柱の世界」であった。その意味で、『在日コリアン詩選集』は、森田の歴史観、文学観を総合する偉業の一つであった。

2

森田進は垂直的人間で、その行動全般が隠喩的でよく分からない謎めいたところがある。もとより、人の九割は深層に隠れているというから、特段珍しいことではないのだが。ただ、森田の場合、何かが内側に隠れているというのではなく、その行動形態が予測不能でつかめないのである。それを示すのが、大学教授から牧師への鮮やかな転身であった。言葉にするのは簡単だが、この課題をクリアするのは並大抵のことではなく、六十を超えてのギリシアやヘブル語の履修、聖書の精読には、常人を超えたミラクルパワーがいる。なぜ森田がこれほどまでに困難な道を選んだのか分からない。当時森田は大学教授の傍ら、天職ともいえる「詩と思想」編集長も兼任するなどの立場に就いていた。その人生で、その一つの目標を貫徹するのも難しいのに、同時期に学者、編集長、聖職候補生の三つを実現させていたのである。これは森田の高い知性と、強固な意思力を証明するものだが、しかし、これらが互恵的に絡み合っていたとは言い難い。つまりそれらが統合ではなく分裂の方向を示唆していたようにもみえる。たとえば、試験で百点を取り続けたとしても、百二十点、百三十点を目指して生きるような不可能性への挑戦である。世に難易度の高い職業に医師や法律家があるが、はたして彼らはこうした考え方をするだろうか。おそらく、医師は医師の中での専門知識を軸に人生観を構築するだろうし、法律家もしかりで、だれも森田のように専門外の分野に再チャレンジしようとはしない。森田はそれを現実化した稀有な人物だといってよい。さきほど分裂といったのは、それが世俗の目的行為から超越していることの意味である。ここで、牧師に転身した際の心情を表わしている詩を読んでみたい。

神学校とは何か／私を　省み／さらに　省みて／
さらに　混迷していくわたしの迷宮である／／神学
校とは何か／〈言〉への／違和と反逆と逃走へと誘
惑する花園／／ユダヤ教の／イスラムの／そしてキ
リスト教の神学校で／祈りは絶えない／みな〈言〉
と格闘している

（「社会人入学」後半部分）

これを読むと、神学校は「違和と反逆と迷走へと誘惑する花園」とあり、大変な苦悩の中で新天地に救いを求めていったことが分かる。牧師を選んだことで詩人への回帰は不可逆的であったはずだが、こういう告白をする部分に詩人森田の矜持が感じ取れる。

こうした「違和と反逆と迷走」を示唆する姿勢は、初期段階の詩作品にも表われている。ある意味、森田の詩はつねに愛と性の分裂、聖と俗の葛藤などアンビバレンツな領域を対象化しているといってよい。

だから、娘は思い切って、／高い高いテントの梁に両足を懸け／ストン／逆さ吊りになった／自分を捨てた大地に向かって／求愛の髪を逆《さか》おろし／もろ手を突きおろし／まっさかさまに世界を歩いて行く／／テントの外では／教会帰りのしあわせなカップルが／柳の岸辺を歩いている／ほれ、テント一枚の差で／世界は十分に倒錯する／／耐えられなくなったトランペットが／射精した時／地にも空にも拒否された娘は、突然、身を反らし、／見えない世界へダイビングした／／テント小屋がはげしく吐いた／汚物の中に／娘の死骸があった／／死骸はめらめら炎え上り／大地を噛みしめるように歩いてみせた

（「日曜日」後半部分）

この詩は森田のキリスト教への違和と反逆に満ちた心理を表わしたアレゴリー作品である。ここでのサーカスの少女こそが、森田の信仰心を現実化する象徴的人物である。森田にとって信仰は無償で手にできるものではなく、いわば、社会の底辺で血みどろになって格闘し、自らの死と相殺することで、ようやく手にできるものである。キリスト教は自死を禁じているので、ここでの死は神のために自我意識を全滅させていくという意味になるかもしれない。

それは神と格闘し続けた山村暮鳥やボードレールの手法にちかい。ある意味、森田の場合、文学修行は、信仰獲得のための道程と言い換えてよい。森田は文学を放棄し、神に近づいたかにみえたが、それでもそれは限りなく「違和と反逆と迷走」に充ちた日々であったというべきか。この詩から、神の仲介者としての一般的な牧師像は想像できない。詩集は『野兎半島』を最後に、直子夫人との共著『美と信仰と平和』まで出してはいない。これは詩人になることへのためらいというのか、どこかにボードレール的世界へ回帰することへの警戒があったのかもしれない。そうしてみると、森田が牧師になることを選んだと同時に、紙一重でボードレールを選んで究極の反逆詩人になっていた可能性も否定できない。牧

師詩人といえば、司牧の傍ら、精力的に詩と詩論を遺した今駒泰成がいた。森田は身近にいた今駒に牧師としての理想像を託すことはなかった。詩人であれ、牧師であれ、森田は牧師になる決断をするまで「違和と反逆と迷走へと誘惑する花園」から逃れることはできず、もがき苦しんでいる。

聖とは俗と表裏一体で、いわば聖は俗の高まりによって濃密になる。俗から隔離された聖性はまるでリアリティがない虚構といってよい。この詩の少女は死を選ぶが、森田はかろうじて現世の秩序の前に踏みとどまる。そして、ここでの少女を死なせた贖罪こそが、森田の信仰を支えることになる。この詩は、森田が詩人として生きることを内に秘めていた時期に書かれている。詩人から牧師という系譜において、ここではまだ牧師になることが想定されていないが、この詩は後年の森田を予言していてすごい。

3

恵泉女学園時代、森田は学部長の地位で大山綱夫学長を献身的に支えていた。森田は学部長として、学生を韓国やハンセン病療養所訪問に引率するなど、熱心で面倒見のよい教授として学生たちの信頼を集めていた。私はその森田の教授室をしばしば訪れる機会があった。まず驚いたのは、その部屋の大半が詩書で埋め尽くされていたことである。森田は自宅に恵贈された詩集をせっせと教授室に運んでいたのである。この時期、森田の精神領域は詩歌全般で占められていたといってもよい。いわば、そこで私が垣間見たのは、世にこんなにも詩歌が好きな人間がいることの驚きで、当該大学図書館の森田寄贈の詩書も合わせると、その蔵書は数千冊に及んでいたのではないか。

森田は大学在籍時、牧師志願をしているので、まさに詩歌との別れはどんなに辛い覚悟の選択であったか。その意味で、森田は牧師志願のために、教育者、文学研究者、編集者、詩人の順に捨象していったことがうかがえる。繰り返すが、森田は牧師をしながら詩人であろうとはせず、まさに召命の時が来て、子羊のように神にすべての身を捧げたのである。森田の比較的新しい詩に「牧師」という作品がある。

母は何度もこう言った。「高校を卒業したら、家を離れなさい。好きなひとと平凡に暮らしなさい。できたら教師になりなさい」／父は、「政治家になれ」と。／／母とM大生との秘め事について、遠まわしに私に語ったのは十歳も年上の姉であったか、たった一人の叔母であったか。／／私が早い結婚をして、海辺の地方へ赴任したのを見届けた年の夏。母はケヤキの葉から飛び散る精気になって、北の空をさまよい、ついに盆踊りの群れに紛れて消え去った。

（「牧師」部分）

森田の詩の官能性の原点をみる思いである。母は森田に教師になって平凡な家庭生活を営むことを奨励し、半ばそれは達成できたかに思えるが、家庭生活は順風満帆というまでには至らなかった。母のもっていた情念を受け継いでしまったのかもしれない。ただ、森田は男性的で偉丈夫な体軀、聴衆を魅了するユーモアとウイットに富んだ語り口を特徴としたが、そこには父の求めた他を抑圧する政治性はみられなかった。森田はかたくなにそうした場に立つことを回避し、詩界ではけっして先頭に立つことはなく脇役になって集団を支えた。それは教育者としても同様で、低い目線で学生たちを導き続けた。いずれにしても、明治・大正・昭和の文学史を辿っても、森田のような経歴をもったキリスト教詩人はいない。この詩の最後に森田は「私は、無免許運転の牧師になるかもしれない」と書いている。森田から学ぶのはここでの未達成の美学である。

森田　進年譜

当歳
一九四一年（昭和十六年）
四月二十六日、埼玉県さいたま市（旧・浦和市）で誕生。

十九歳
一九六〇年（昭和三十五年）
三月、県立浦和高校卒業。
四月、同志社大学文学部美学・芸術学専攻入学。

二十三歳
一九六四年（昭和三十九年）
三月、同志社大学卒業。
四月、早稲田大学文学部国文学専攻学士入学。

二十五歳
一九六六年（昭和四十一年）
三月、同大学卒業。
四月、下関、梅光女学院高校教諭（国語）。

二十七歳
一九六八年（昭和四十三年）
八月、教文館出版部、日本キリスト教団出版局編集部。
一九七〇年（昭和四十五年）四月〜一九八三年（昭和五十八年）三月　四国学院大学勤務（日本文学）。

三十歳
一九七一年（昭和四十六年）
十二月、詩集『海辺の地方から』刊行。

三十一歳
一九七二年（昭和四十七年）
共編『天の鐘—心を病む少女の詩—』刊行。

三十二歳
一九七三年（昭和四十八年）
評論集『言葉と魂』刊行。

三十三歳
一九七四年（昭和四十九年）
評論集『パトスの彼方』刊行。

三十七歳
一九七八年（昭和五十三年）
四月〜十二月、韓国・崇田大学大田キャンパス（現・韓南大学）客員教授（日語・文学）。
評論集『文学の中の病気』刊行。

三十九歳
一九八〇年（昭和五十五年）
十二月、詩集『乳房半島・一九七八年』刊行。

四十一歳
一九八二年（昭和五十七年）
一九八三年（昭和五十八年）四月〜二〇〇七年（平成十九年）三月、恵泉女学園大学短期大学・大学教授。
第二回「詩と思想」新人賞受賞。

四十三歳
一九八四年（昭和五十九年）
評論集『現代詩人の世界—朝鮮・神・土着—』刊行。

四十四歳
一九八五年（昭和六十年）

三月、詩集『野兎半島』刊行。

一九九一年（平成三年）　五十歳

金元植編（森田進・曺紗玉共訳）『明洞のキリスト』刊行。

一九九四年（平成六年）　五十三歳

九月、韓国語翻訳詩集『アリラン半島』刊行。

一九九六年（平成八年）　五十五歳

森田進・鶴見俊輔他共編『大江満雄集　上下』刊行。

一九九八年（平成十年）　五十七歳

森田進他共編『崔華國詩全集』刊行。

二〇〇〇年（平成十二年）九月～二〇〇一年（平成十三年）八月　韓国・釜山市　新羅大学研究員。

二〇〇三年（平成十五年）　六十二歳

評論集『詩とハンセン病』刊行。

二〇〇四年（平成十六年）　六十三歳

森田進編『クリスマス詩集』刊行。

二〇〇五年（平成十七年）　六十四歳

森田進・佐川亜紀共編『在日コリアン詩選集』刊行（「地球賞」受賞）。

二〇〇六年（平成十八年）　六十五歳

森田進編『イースター詩集』刊行。

二〇〇七年（平成十九年）四月～二〇一一年（平成二十三年）三月十一日

東京神学大学士入学、大学院博士課程前期卒業。

加藤常昭監修・森田進解説『島崎光正全詩集』刊行。

二〇一一年（平成二十三年）四月～二〇一六年（平成二十八年）三月、日本キリスト教団土師教会。

二〇一三年（平成二十五年）　七十二歳

十月、森田進・森田直子詩画集『美と信仰と平和』刊行。

二〇一六年（平成二十八年）四月～二〇一七年（平成二十九年）九月　日本キリスト教団大泉ベテル教会。

二〇一七年（平成二十九年）　七十六歳

四月、転倒。公立昭和病院入院。「外傷性脳挫傷」。

八月、大宮共立病院に転院。

＊入院中の夫に代わって、友人である宇治郷毅、木下長宏、菅野真知子、柴崎聰の方々が、原稿の整理・入力をしてくださいました。深く感謝いたします。　森田直子

新・日本現代詩文庫137 森田《もりた》 進《すすむ》詩集

発行 二〇一八年七月十五日 初版

著者 森田 進

装幀 森本良成

発行者 高木祐子

発行所 土曜美術社出版販売

〒162-0813 東京都新宿区東五軒町三—一〇

電話 〇三—五二二九—〇七三〇

FAX 〇三—五二二九—〇七三二

振替 〇〇一六〇—九—七五六九〇九

印刷・製本 モリモト印刷

ISBN978-4-8120-2439-3 C0192